10대에게 알려주는
글쓰기의 정석 10가지

가장 쉬운 글쓰기 비법
10대들이여~ 글 쓰면 미래가 보인다.

BOOKK

10대에게 알려주는
글쓰기의 정석 10가지

가장 쉬운 글쓰기 비법
10대들이여~ 글 쓰면 미래가 보인다.

저 자 | 강신진

발 행 | 2023년 10월 3일
펴낸이 | 한건희
펴낸곳 | 주식회사 부크크
출판사 등록 | 2014.7.15.(제2014-16호)
주 소 | 서울특별시 금천구 가산디지털1로 119
          (SK 트윈타워 A동 305호)

전 화 | 1670-8316
이메일 | info@bookk.co.kr

ISBN | 979-11-410-4478-7

www.bookk.co.kr
ⓒ 강신진 2023

10대에게 알려주는
글쓰기의 정석 10가지

가장 쉬운 글쓰기 비법
10대들이여~ 글 쓰면 미래가 보인다.

강신진

들어가며

10대에게 알립니다.

글쓰기가 경쟁력인 시대입니다.

미래의 인재는 글쓰기를 잘해야 합니다. 미국의 하버드를 비롯한 유명한 대학은 학생들에게 글쓰기 수업을 의무적으로 시행하고 있습니다. 10대에 책을 많이 읽고, 글쓰기를 잘하면 미래가 훤하게 보입니다.

글쓰기는 역사를 창조하는 일입니다. 내 인생 내 역사가 됩니다. 내 삶의 기억은 언젠가 사라지지만, 기록하면 책으로 존재하지요. 지금 기록을 잘하는 꿈을 꾸고, 꿈을 이루고, 꿈 너머 꿈을 꾸는 생각을 합니다.

이 책은 청소년인 10대가 글쓰기를 쉽게 할 수 있는 초보자 글쓰기의 정석입니다. 글쓰기에 꼭 필요한 핵심 요령을 짚어줍니다. 초보자가 글쓰기 방법을 제대로 배우기를 기대합니다. 글쓰기 비법을 터득하여 인재로 성장하길 바랍니다.

이 책은 4부로 구성되었습니다.

1부는, 10대 학창 시절에 글쓰기 해야 하는 이유와 방법에 대하여 작성했습니다. 청소년 시기 **글쓰기 습관과 방법** 등이 구체적으로 담겨있습니다.

2부는, 10대들에게 알려주는 **글쓰기 정석 10가지**를 제시합니다. 글쓰기 완전 초보가 글쓰기 기초, 문장 쓰기 등 배우고 익히면 글쓰기 잘할 수 있게 안내합니다.

3부는, 10대들에게 **창의적인 글쓰기 비법**을 전합니다. 글쓰기의 기초부터 다양한 창의적인 글쓰기 요령을 구체적으로 제시하고 설명합니다.

4부는, 글쓰기 자료 제시 직접 글 쓰는 활동지를 작성하도록 글쓰기 연습 자료를 제공합니다.

10대 누구나 글 제대로 쓰는 글쓰기 정석과 글 쓰는 방법을 알려줍니다. 글쓰기에 도전하여 미래인재가 되길 기대합니다. 10대에 글쓰기 능력이 필요합니다. 글 쓰고 작가 되어, 창의적인 역량을 갖춘 인재로 더더욱 성장하는 기회가 되기를 소망합니다. 글을 쓰고자 하는 10대들에게 글쓰기 방법을 제공합니다.

학교 글쓰기 시간에는 글을 쓰는 일입니다. 글 쓰는 기본기만 잘 익혀두면 멋진 글을 잘 쓰지요. 글쓰기의 기본적인 정석을 알려주는 책입니다. 글은 내가 쓰는 것이지요. 글을 쓰면 생각하게 되고, 생각하면 성장하게 됩니다. 글쓰기는 생각을 중심으로 쓰고, 고쳐쓰기를 반복합니다.

청소년 여러분에게 미래를 위해 안내합니다. 글쓰기 가치는 무궁무진합니다. 글쓰기는 세상과 소통하며 길을 걸어가는 친구이지요. 함께하는 과정에서 좋은 길로 안내할 겁니다.

글쓰기는 생각할 줄 아는 사람을 만들며, 나를 찾게 해주는 안내자이지요. 글쓰기는 생각을 도와주는 친구입니다. **글쓰기가 10대에겐 의무이며, 공부의 필수조건입니다.**
글쓰기 능력은 평생 특기가 됩니다. 글 쓰는 능력은 미래인재 되는 주춧돌입니다.

이 책의 내용을 이해하고, 글쓰기 정석 10가지 글쓰기 비법을 꾸준하게 실천하여 미래인재 되길 바랍니다.

[글쓰기 실제]에 제시된 글쓰기 연습 자료를 일상에서 꾸준하게 작성하길 바랍니다. 10대에게 단계별로 알려주는 글쓰기가 큰 도움이 될 것입니다. 학교에서 교과서를 읽고, 요약하고, 한 줄 쓰는 게 공부의 출발이지요.

　　글쓰기에 꼭 필요한 핵심 요령을 제대로 익히기를 소망합니다. 글쓰기를 재미있고 즐겁게 하며, 10대의 행복을 누리기를 바랍니다.

글쓰기를 통해
미래 원하는 꿈을 꾸고 꿈을 이루고, 꿈 너머 꿈을 이루는 경험을 기대합니다.

　　여러분을 응원합니다. 감사합니다.

2023년 가을

강신진 드림

No Pain

No Gain

고통 없이

얻어지는 것이 없다.

차 례

들어가며
10대에 글 쓰면 미래가 보인다.

1부. 청소년 글쓰기의 모든 것

글쓰기
모든 것

2부. 10대에게 알려주는
글쓰기의 정석 10가지

3부. 창의적 글쓰기 비법 길라잡이

글쓰기
비법

4부. 글쓰기 정석의 실제 글쓰기 자료

맺음말. 10대에 글 쓰면 미래가 보인다.

글쓰기 정석
자료

무엇을 쓰든
짧게 써라.
그러면 읽힐 것이다.

명료하게 써라.
그러면 이해될 것이다.

그림 같이 써라.
그러면 기억 속에 머물 것이다.

- 조세프 풀리쳐 -
(Joseph Pulitzer)

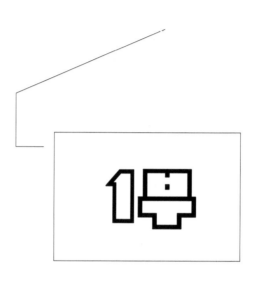

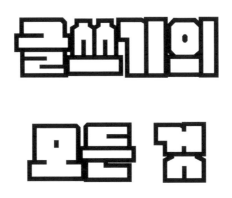

1부 글쓰기의 모든 것

글을
잘 쓰는
유일한 비결은
'읽기' 다.

- 스티븐 크라센 -

1부

1부에서는

10대에게 가장 쉬운 글쓰기 방법

청소년 글쓰기의 모든 것

에 대하여 살펴봅니다.

1부. 청소년 글쓰기의 모든 것

10대들은 학교에서 국어 시간에 주로 글 쓰는 방법을 배우고 글을 씁니다.

국어 시간에 글을 쓰는 이유는 무엇일까요?

국어는 말하기, 듣기, 읽기, 쓰기 시간입니다. 국어는 모든 교과의 기본이라 할 수 있지요. 쓰기는 글쓰기 능력을 함양시켜 줍니다. 또 이유는 가지가지이지요. 글쓰기 능력은 학생마다 다 다르지요. 누군가는 어려서부터 일기를 쓰기 시작했을 것이며, 누구는 지금도 일기를 전혀 안 쓰지요. 일기를 쓴다는 것은 일상을 표현하는 기록입니다. 일기는 매일 쓰고, 다시 보고, 반성하고, 성장하는 글입니다.

학교에서는 글 쓰는 목적이 또 하나 있습니다. 글쓰기 능력이 점수로 인정받는 것입니다. 학생들은 점수를 잘 받기 위해 글을 씁니다. 교육 목적이 이게 아닌데 현실은 교육이 시험 점수가 최고인 것처럼 되었습니다.

일상을 메모하는 것은 좋은 방법입니다.

일기처럼 매일 쓰지 않아도 괜찮습니다. 일기는 일상에서 체험하는 경험이나 생각을 기록한 글입니다. 일기는 내가 쓰고 내가 반성하는 글이고, 내가 다시 읽어보며 기억하거나 깨달으며 감동하지요.

편지는 상대방에게 소식이나 용무를 전하는 글이지요. 내가 전하고 싶은 말을 글로 바꿔서 상대에게 보내는 글입니다. 책은 독자에게 정보를 주거나, 감동을 줍니다. 독자 마음에 따뜻하게 감동을 주는 글은 좋은 글로 인정됩니다.

글을 잘 쓰려면 비밀이 딱 하나입니다.

글쓰기 비밀을 공개한다. 글을 쓰는 행동을 하면 됩니다. 글은 매일 밥 먹듯이 쓰는 일입니다. 일상에서 어떤 일화를 선택하거나 특별한 일이거나 주제를 선택하여 씁니다.

글은 내 생각과 감정을 기록한 문장입니다. 내 감정의 표현을 명확히 하는 게 좋은 글입니다. 글쓰기는 주어진 상황에 맞게 내 주장이나 생각을 쓰면 됩니다. 글쓰기 능력을 향상시켜 줍니다.

1장에서는 청소년 글쓰기의 모든 것에 대하여 살펴봅니다.

10대에게 글쓰기란 무엇인가?

청소년에겐 배울 게 너무나 많습니다.

청소년기는 좋아하는 것, 잘하는 것, 호기심이 많은 것 등을 찾아 선택하는 게 중요합니다.

청소년기에는 신체적인 발달로 운동능력이 발달한다. 또한 생각이 많아지는 정서의 발달 시기입니다. 학교에서 시험공부 부담도 증가하며, 친구 관계에도 영향을 끼칩니다. 청소년기는 주변의 친구가 미래에도 영향을 미치지요.

청소년기는 독서하기 딱 좋은 시기지요. 다양한 분야에 생각이 많아지는 시기입니다. 청소년기는 호기심과 관심을 두는 분야가 매우 다양하지요. 독서와 글쓰기에도 좋은 때입니다. 좋아하는 게 독서요 취미인 청소년도 있겠습니다.

"책 속에 길이 있다"라고 하지요. 책을 읽는 것은 미래를 읽는 것입니다.

10대 대부분은 학생들입니다. 글쓰기가 누구에게는 부담이 전혀 없을 수도 있지만, 다른 누구에겐 고역입니다. 청소년기는 특히 글쓰기가 고통이요, 쓰기 싫다는 학생들이 많습니다.

학교 국어 시간에 작문하기, 창작하기, 시 쓰기 모두 글쓰기입니다. 학생들은 성적을 잘 받기 위한 글쓰기를 원할 수 있습니다.

최근 학교는 국제바칼로레아(IB)에 대한 관심이 많습니다. 특히 중·고등학교에서 서술형과 논술형 평가를 시행하고 있습니다. 서술형 또는 논술형 시험에서 요구하는 글쓰기는 학습 내용을 정확히 이해하고, 요약하라는 문제가 대부분이지요. 주어진 제시문이나 자료를 읽어보고 이를 문장의 형태로 설명하거나 생각을 정리하여 작성합니다. 제시되는 핵심을 쉽게 정리할 수 있는지를 가리는 수준이지요. 이 책은 평가를 잘 받기 위한 글쓰기 방법이 아니고 글쓰기의 정석에 해당하는 내용입니다.

우리 일상은 말하기 듣기 읽기 쓰기의 삶입니다. 저자 되는 목표와 꿈이 있다면 글쓰기에 집중하는 태도를 보이지요. 글쓰기 효과도 기대할 수 있습니다.

독서에 특별한 비법이 있듯이, 글쓰기에도 특별한 방법은 많습니다.

글은 왜 쓸까?
저자 되고 싶은가?
작가의 꿈은 있는가?
글에 무엇을 표현하고 싶은가?

글쓰기는 나를 표현하기 위해서 쓰는 행동입니다. 글은 내 생각과 감정을 기록하는 거지요. '무엇을 표현하지' 궁리하고 감정 표현을 명확하게 쓰는 게 글입니다. 일기 쓰거나 메모하지요. 일기는 나에게 성찰을 주고, 책은 독자에게 감동을 주는 보약입니다.

어제와 오늘의 차이는 무엇일까?
오늘과 내일의 차이는 무엇일까?

글쓰기는 마음을 단단히 먹고 시작하는 일이요, 시작하면 무엇인가 남는 게 글입니다. 글쓰기는 일상의 소중함을 기록하는 일이며, 나를 반성하는 일입니다. 일상을 살펴보고 내 마음 그대로 씁니다. 기록하면 나의 역사가 되지요.

글쓰기는 나를 찾는 일이요, 나를 생각하는 일입니다. 글쓰기는 독서와 친구이지요. 친구처럼 있을 땐 즐겁고, 없을 땐 그리워하는 거지요.

글쓰기는 가치와 의미가 매우 크지요. 글쓰기는 반복입니다. 글쓰기는 생각하는 것이며, 글쓰기는 생각을 정리하는 것입니다. 글쓰기 가장 큰 효과는 생각하는 힘입니다. 글쓰기는 생각이 커지고, 사고력이 향상되지요.

글쓰기와는 독서는 친구이며, 독서와 글쓰기는 비례합니다. 독서는 읽는 행동입니다. 독서는 경험이요 상상력을 키웁니다. 독서는 내가 하는 간접경험입니다. 그래서 독서는 "말 없는 스승"이라고 하지요. 독서는 말 없는 위대한 스승을 만나는 겁니다.

독서나 글쓰기는 습관이요, 실천입니다. 누군가 대신 해줄 수 없습니다. 오직 내 능력으로 내가 배우고, 내가 쓰는 일입니다. 글쓰기는 글을 직접 펜을 잡고 꾹꾹 눌러 쓰는 과정을 거쳐야 시작되지요.

예를 들면 운동선수, 가수, 무용, 악기 다루는 분들 모두 한두 번 연습했을까요. 절대 아닙니다. 자기 분야 전공을 잘하기 위해 꾸준하게 연습했지요. 가수 또한 마찬가지입니다.

1부 글쓰기의 모든 것

연습하는 동안 하기 싫은 고통이 있지요. 하지만, 열심히 하는 고통 없이는 보상을 얻을 수가 없습니다. 이 세상 무슨 일이든 마찬가지입니다. 일상의 직업, 공부, 운동 등 모든 것은 노력이 따르며 그 노력의 대가는 반드시 보상받습니다.

"나도 저자 되고 싶다", "내 책 한 권 만들고 싶다", 이런 생각을 한 번쯤 생각해본 적이 있을 것입니다. 지금 그 꿈을 이루기 위해 다시 한번 생각해보자. 저자가 되려면 어떻게 하지? 글을 쓰는 일을 하면 되지요. 글을 써서 책을 출판하면 됩니다. 책을 출판하면 저자가 되지요.

"노력은 절대 배신하지 않는다는 말"이 있습니다.

모든 일에는 반드시 그만한 노력이 필요하고 노력 없이는 그 성과를 이룰 수 없는 게 진실입니다. 그렇다고 글 쓰는데 뼈를 깎는 고통이 있는 것은 아니지요. 너무 겁내지 않아도 됩니다. 글쓰기 비법은 누구나 배우고, 따라 하면 쉽게 쓸 수 있습니다. 그동안의 경험과 방법을 이 책에서 방법을 제공하지요. 글쓰기 정석을 적절하게 선택해서 글쓰기 능력이 쑥쑥 향상되길 기대합니다.

글쓰기 어떻게 시작하지?

누구나 무슨 글을 쓸지 막막하지요. 일상의 일을 생각나는 대로 일단 쓰기로 마음먹기가 우선입니다. 컴퓨터 앞에 앉아 무조건 쓰는 일이지요. 키보드를 두드려 본다. 무엇을 쓸까? 고민 걱정이 많지요. 일단 아무거나 입력하기 시작하면 됩니다. 쓰면 된다. 아니 그냥 키보드를 두들기면 되지요.

한 글자를 쓰는 게 시작입니다. 한 단어를 쓰고, 한 문장을 말이 되게 채웁니다. 글쓰기 별거 아닙니다. 글 쓰면 글이 모이고, 글이 모이면 문장이 되지요. 글쓰기 방법은 지금 당장 쓰는 일입니다. 내 맘대로 쓴다. 한 단어부터 쓰고, 간단하게 짧게 쓰고, 쉽게 쓰고, 재미있게 쓰면 좋은 방법입니다. 글을 쓰면 맞춤법에 신경이 쓰이지요. 맞춤법은 매우 중요하지요. 다만 창작하는 글쓰기에서는 무조건 쓰는 일이 더욱 중요합니다. 글을 다 쓰고 난 후 맞춤법을 수정하면 됩니다. 글이 완성되고 난 후에 글을 고쳐 쓰는 게 글쓰기의 비법으로 전해지지요.

단어나 문장을 씁니다. 예를 들면 학교, 수업, 하늘, 바람, 다람쥐, 컴퓨터, 공부…. 오늘도 즐겁게 지낸다….

위 예시처럼 한번 작성합니다.

(   )

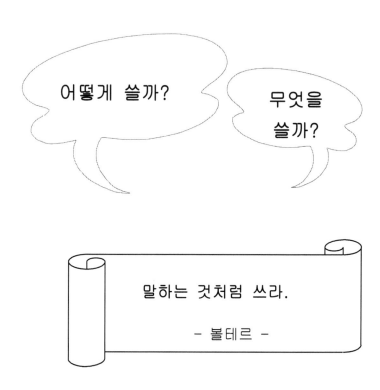

2. 글은 일단 쓰는 거다

누구나 글쓰기는 두려움을 가지고 있습니다.

일상에서 바쁘게 지내느라 써보지 않았기 때문입니다. 글쓰기 비법을 안내합니다. 쓰면 된다. 일단 쓴다. 시작이 반입니다.

어떻게 쓰지?

글쓰기 방법은 글을 쓴다는 것뿐 다른 게 없습니다. 유명한 작가들은 공통으로 하는 비법을 강연이나 책에서 말하지요. "글은 짧게 쓰고, 쉽게 쓰고, 재미있게 쓴다."입니다.

내가 정말 쓰고 싶은 글은 무엇인가?

주제를 정해 쓰고 싶다면, 일단 성공입니다. 쓰다 보면 양이 많아집니다. 매일 조금씩 쓰는 것입니다. 진짜 중요한 것은 일정 시간 매일 쓰는 습관입니다. 습관이 중요하지요. 글쓰기는 꾸준한 반복이요, 매일 습관화하는 일입니다. 글쓰기는 멈추지 않는 습관입니다. 글쓰기는 밥 먹듯이 자동으로 하는 일입니다.

글은 누구나 쓸 수 있는 일입니다.

글을 쓰는 자가 작가입니다. 작가는 글쓰기의 삶이지요. 작가는 글을 쓰는 게 일이요, 업(業)입니다. 누구나 글을 쓸 수 있지만, 아무나 글을 쓰는 것은 아니라고 생각합니다. 글쓰기 하는 습관이 제일이지요. 글쓰기는 노력이 필요하지요. 원고를 완성하기까지는 긴 시간이 소요됩니다. 책을 읽는 일, 공부, 글쓰기, 운동, 이런 게 일상이 되어야 합니다.

글을 쓰고자 하는 이유가 무엇일까? 궁금하다. 지금까지 글 안 써도 아무 일 없었는데….

글은 내가 창작하는 것입니다. 글쓰기는 창작이나, 창작은 고통입니다. 글쓰기는 힘들고, 외로우며, 막막하지요. 글쓰기는 고통이며 고된 노동입니다. 글쓰기는 불안하고 걱정입니다. 한마디로 어렵습니다. 누군가는 글쓰기가 어렵지 않다고 하지요. 글 쓰는 방법을 알고 실천하기 때문입니다. 지금부터 글 쓰는 방법을 구체적으로 알아봅니다.

글쓰기 딱 좋을 때는 언제일까? 없습니다.

지금부터 쓰면 됩니다.

매일 밥 먹듯이 쓴다.

밥을 먹고 신체가 자라듯이, 책을 읽으면 생각이 커진다. 글을 쓰면 생각이 더욱 확장됩니다. 생각한 걸 표현하는 게 말하기와 글쓰기입니다. 글쓰기는 습관이 중요하지요.

말은 빠르게 튀어나오므로 실수하거나 좋지 않은 말이 나옵니다. 글은 말보다 많은 생각을 하게 만들지요. 말은 한번 하면 고칠 수 없지만, 글은 고칠 수 있습니다. 글은 고쳐 쓰는 것이며, 고쳐 쓰면 글을 좋아집니다. 글을 쓰면서 생각이 커지고, 생각이 커지면 글쓰기가 잘됩니다.

여행 경험을 생각해봅니다. 여행 당시 추억이 아련하게 떠오르지요. 시간이 한참 흐르면 조금씩 기억에서 사라집니다. 기억은 오래가지 않지만, 기록은 영원하지요. 사진을 찍거나 기록해 두면 다시 생각납니다. 여행 가서 찍은 사진을 보면 추억이 생각나지요. 글을 쓰면 생각이 떠오르고 추억은 사라지지 않습니다. 책 속의 여행 글은 영원히 남습니다.

글쓰기 기초 방법입니다.

내 생각을 쓰는 게 글쓰기다. 차근차근 조금씩 작성해 두면 글쓰기 기록이 쌓이게 되지요.

다음(　　)의 글을 창의적으로 작성합니다.

글이란? (기록)입니다.
왜냐하면 (글은 책이 되어 읽기) 때문입니다.

다음(　　)의 글을 창의적으로 작성해 봅니다.

글이란?
(　　　　　　　　　　　　　　　　)입니다.
왜냐하면
(　　　　　　　　　　　　　　　　)이기 때문입니다.

한번 읽어봅니다.

자신이 작성한 글을 읽습니다. 맘에 들면 스스로 창작한 글쓰기가 자랑스럽지요. 꽤 뿌듯하게 느끼게 되며 이런 게 글쓰기 매력입니다.

다시 생각하고 다음 빈칸을 새롭게 써 봅니다.

2~3분 이내로 생각하고 글을 씁니다.

글이란?

(   )입니다.

왜냐하면

(   )이기 때문입니다.

생각이 커지며 더욱 신나지요. 스스로 자신감이 생기며, 나도 글쓰기가 어렵지 않게 느끼며 재능을 알게 되지요.

내가 쓴 한 줄의 글은 내가 생각하고 고민하고 작성한 한 줄의 작품입니다. 글쓰기는 창작이고 이 글도 창작한 글입니다. "뭘 쓰지?", " 쓸 말이 없다?", "뭘 쓰란 말이야?", "생각할 수 없네?" 핑계 대지 말고 할 말을 글로 바꾸는 게 글쓰기다. 글이란 이런 것입니다. 글은 자기 생각을 표현하는 것입니다. 생각은 밖으로 나오도록 하는 게 글쓰기지요. 글 의미가 다름을 느낍니다. 이렇게 생각이 성장한다는 걸 스스로 확인할 수 있습니다. 나 자신에게 놀랄 것입니다.

글을 쓸 수 있다는 자신감이 생기지요. 자 이제 시작입니다. I CAN DO IT!

글쓰기 골든 서클

골든 서클(Golden Circle) 이론이 있습니다.

골든 서클은 사이먼 시넥(Simon Sinek)이 Ted 리더십 강의에서 나온 모델입니다.

"골든 서클 모델은 Why, How, What입니다. 어떠한 문제에 대해 What, How, Why 순으로 접근하는데, 세상을 바꾸는 주인공들은 Why, How, What 순으로 접근한다"라고 하지요. 어떤 이유가 가장 중요하다는 의미입니다.

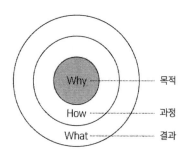

"Why는 어떤 목적이고, How는 추진 과정이요,
What은 어떤 결과"라고 할 수 있습니다.1)

---

1) https://salaryblues.tistory.com/6

글쓰기의 이유는 무엇인가?

글쓰기의 목적은 무엇인가?

글쓰기의 과정은 어떻게 될까?

글쓰기의 결과는 무엇인가?

글을 쓰는 경우 이유와 목적을 생각하지요. 시험 성적을 위해서 작성한다면 틀에 박힌 글쓰기입니다. 생각을 표현하는 글쓰기는 사고력이 발달하게 되지요. 글 쓰면서 자신감도 향상되고 창조자의 길로 걸어가는 거지요. 글 쓰면 창작자입니다. 글은 창작하는 도구입니다.

글은 정보이며, 나를 알리는 광고입니다. 글은 나의 브랜드입니다. 글을 쓰는 일에 관한 생각을 다시 하지요. 글쓰기는 의미 있는 일이며, 가치 있는 일입니다. 글쓰기는 내 삶의 역사입니다.

글쓰기는 시험 성적과 무관하게 창작의 기쁨을 느끼는 거지요. 지금 유명한 작가들이 학창 시절에 국어 점수가 높은 사람이었을까? 물론 그럴 수도 있습니다. 모두는 아닙니다. 다만 그들은 책을 읽고 사색하고 생각하기를 즐기는 학생이었다는 사실입니다.

1부 글쓰기의 모든 것

글은 왜 쓰지?

누구나 글을 쓰고 저가 되는 세상입니다. 작가가 되는 방법이 다양한 세상입니다. 자신의 일상을 글로 쓰면 된다. 글은 이 세상에 좋은 정보와 가치를 제공합니다.

글 왜 쓰지?
글쓰기 왜 하지?
학교 성적 잘 받기 위해서?
내 책을 내기 위해서?
작가 되어 이름을 알리기 위해서?
내 경험을 전하기 위해서?
인세로 돈을 벌기 위해서?

글을 쓰는 이유는 가지가지입니다.
왜 쓰지를 생각하면 글 쓰는 목적은 각자 다 다르지요. 목적이 없을 수도 있지요. 왜 쓰지를 생각합니다.

사람들은 글을 쓰면 좋다는 것을 다 알지요. 단 내가 할 수 있을까? 걱정하거나 쓸 말도 없는데 하면서 미리 포기하는 경우가 많습니다.

세상의 누군가는 글을 씁니다. 세상의 누군가는 책을 읽지요. 세상의 누군가는 창조하는 일을 지금도 합니다.

그동안 글을 쓰면서 알게 된 사실입니다.

일상의 일을 쓰다 보면 자신을 알게 되지요. 좋았던 일, 괴로운 일, 안타까운 일 등 반성합니다. 나를 찾게 되며, 내가 나를 들여다보게 됩니다. 내 글은 나에게 치유하는 힘이 있습니다. 글쓰기는 마음 치료하는 약이고 보약입니다. 나의 마음을 내려놓게 하지요. 글의 힘이 대단함을 알게 됩니다. 지금도 글을 쓰는 이유지요.

내 인생에서 글쓰기 좋은 날이 있을까?

있습니다. 언제일까? 지금입니다.

지금, 이 순간이 글쓰기 딱 좋은 날입니다.

지금입니다.

Do it now !

글쓰기 무엇을 쓸까?

무엇을 쓸까?

그림책, 동화, 수필, 소설, 시, 창작 글…. 무엇을 쓸지 막막하지요. 당연하고 누구나 다 같은 생각입니다. 비법은 따로 없다. 일상의 글을 쓰면 됩니다.

누구를 위하여?

누가 내 책을 볼까?

어떤 글을 쓸까?

학교 수업 시간, 점심시간, 청소 시간, 등하교 시간을 생각해보지요. 기억나는 어떤 일을 생각하고 말하기, 듣기, 읽기, 쓰기 일상입니다. 글 쓸 내용은 너무 많은데 대부분 쓸 말이 없다고 하지요. 주제도 없고, 내용도 "생각이 안 난다"라고 합니다. 글을 쓰려면 신경 쓰이는 게 많지요. 걱정도 생기고 고민이 되는 지점입니다.

일상에서 내가 하는 일은 내가 제일 잘 알지요. 행동한 일에 대한 구체적인 생각과 기억을 해야 합니다. 잘 아는 일을 글로 쓰는 것입니다. 학교생활의 경험을 쓰지요. 또는 특별한 여행을 간 경우 그때 그 장소에 대한 일이나 장면이 떠오르면 그것을 생각나는 대로 쓰는 방법입니다.

그동안의 경험과 일화를 쓰면 되지요. 친구의 이야기, 내 이야기, 부모 이야기, 주변에서 특별한 사람 이야기, 내용을 찾아서 일화를 쓰면 좋습니다. 글 내용을 걱정하는 시간에 그동안의 추억을 기억해서 쓰면 됩니다.

왜?

내 기억과 경험이니까. 내가 지금까지 생활한 나의 삶이 일화입니다. 내가 살아온 날까지의 일상을 기억해보죠. 좋았던 일, 기억하기 싫은 일이 있습니다. 생각을 글로 쓰면 수필이 되고, 시(詩)처럼 짧게 써도 되지요. 내 일화나 경험한 일을 씁니다. 태어나서부터 지금까지 모든 일을 되살려 좋았던 일 힘들었던 일 생각하고 쓰면 자서전이 되지요. 내 일을 구체적으로 쓰면 모르는 사람들에게 내 일의 가치와 느낌을 전합니다.

1부 글쓰기의 모든 것

자서전은 내 삶이 글이 되는 거지요, 잘하고 못한 것이 중요한 게 아니라, 그냥 쓰는 일입니다. 글을 쓰다 보면 알게 되고, 인생을 되돌아보게 됩니다. 자신을 깨닫게 되지요.

일상에서 있었던 특별한 경험을 글로 씁니다. 쓰다 보면 솔직한 내용을 거침없이 쓰게 되지요. 정직한 나의 글 쓴 내용에 독자가 감동하면 금상첨화지요. 글쓰기는 이런 것입니다. 내가 만족하고 독자가 만족하면 좋은 일이고, 독자가 만족하지 않더라도 상관없습니다. 이런 게 글의 힘이고, 자신감입니다. 내 삶의 가치 있는 글이 이런 것입니다. 글쓰기는 일상입니다. 세상에 누구나 다 글을 쓸 수 있다는 점이 글쓰기입니다.

왜?
세상의 삶과 정보이기 때문입니다.
우리 삶의 글 모두 다 가치 있는 정보입니다. 좋은 글, 나쁜 글은 없습니다. 저자가 재미있게 쓴다면, 이 또한 작가의 자질이 타고난 것입니다.
하나의 주제를 정하지요. 한 분야에 대해 자료를 조사하고 생각하며 씁니다. 하나의 주제에 집중합니다.

글쓰기 전문가도 그림책, 동화, 수필, 소설, 시, 창작 글을 쓰기 어렵다고 하지요. 모든 분야를 다 쓰는 게 아니지요. 시를 쓰거나 수필을 쓰는 거지요. 한 분야를 선택하여 집중하여 씁니다.

내가 가능할까? 고민되고 걱정이 됩니다. 내가 아직 전문가가 아니니까 도전하는 것입니다. 글쓰기 전문가 된 다음에 글 쓰면 이 세상에 작가는 탄생하지 않습니다.

누구나 다 처음엔 서툴고 글쓰기 능력이 형편없다고 생각하지요. 당연한 이야기입니다. 그래서 지금 글쓰기의 정석 10가지를 터득하고 글을 쓰면 미래 전문가 됩니다. 글쓰기에 대해 성장 하려면 꾸준하게 글 쓰면 되지요. 중요한 것은 늘 꾸준하게 쓰느냐입니다. 매일 쓴다면 글쓰기 능력은 나날이 향상됩니다.

자기 스스로 좋아하는 분야, 잘하는 분야, 자신 있는 분야를 선택하지요. 책을 읽고 모방하는 글쓰기가 우선입니다.

10대 시절 닥치는 대로 관심을 두고 배웁니다. 청소년 시기에 할 일이 너무 많습니다. 책을 많이 읽지요. 책을 읽으면 줄거리가 생각납니다. 이를 요약하면 내 글쓰기 능력이 향상됩니다. 글쓰기는 독서입니다.

독서가 나의 창작을 도와주는 지름길입니다.

글을 쓰면 나만의 창작 글이 생기는 것입니다. 글이 모여 한 권의 책이 되는 과정입니다. 글을 쓰고, 글을 모으고, 글을 책으로 만드는 과정이 저자의 길입니다. 지금 일상을 생각하고 글을 쓰지요. 독서하고 글을 모은다. 신문이나 뉴스에서 정보를 검색하고 모읍니다.

이렇게 모은 게 책입니다. 글을 쓰는 일을 시작하면 미래 인재가 되는 지름길에 들어선 거지요.

글쓰기는 독서입니다. 책을 읽는 일은 "세 살 버릇 여든까지 간다"라는 말과 같습니다. 독서는 습관입니다. 글쓰기도 마찬가지입니다. 책을 읽고 글을 쓰는 일을 명확하게 행동하는 게 미래 앞장서는 지도자가 됩니다.

그래서 "Leader is Reader"라고 합니다.

어떻게 쓸까?

글쓰기 어떻게 하지?

어떻게 쓸까?

글쓰기는 원칙이 있습니다. 글을 써야 한다는 사실이지요. 글을 쓰는 방법이 중요하지 않습니다. 글을 쓰면 되는 것입니다. 구체적으로 표현하고 말하듯이 생각을 정리하는 것입니다. 평소에 주변을 잘 살펴보고 관찰하며 메모하는 습관도 중요하지요.

글은 내가 쓰는 것입니다. 내 마음대로 씁니다. 내가 경험하고 관찰한 것을 생각대로 쓰지요. 기억나는 상황을 글로 쓰면 시작입니다. 막상 글이라는 것을 쓰다 보면 재미를 느끼지요. 한 줄 두 줄 채워지는 내 글에 만족하게 됩니다. 솔직하게 느낌과 생각을 그냥 씁니다. 분량이 늘어가는 글쓰기는 자신의 만족감을 줍니다.

글 쓰는 일반적인 방법입니다.

글쓰기는 기본 육하원칙이 있습니다. 누가, 언제, 어디서, 무엇을, 왜…. 이렇게 작성하는 게 글쓰기 기본이지요. 신문 기사, 뉴스, 방송 등이 대부분 이렇게 작성합니다.

글쓰기 첫 문장도 고민이지요. 또한 맞춤법도 고민입니다. 글을 쓰다 보면 여러 가지가 고민이 많습니다. 이제는 고민하지 않아도 됩니다. 일상의 질문과 대화, 하는 일 등 상관 없지요. 형식에 구애받지 말고 그냥 글을 쓰면 됩니다. 주제를 생각하고 한 줄 쓰기를 시작합니다. 한 권의 책은 중요한 큰 주제가 있지요. 주제와 일상을 가지고 글을 쓰면 한 페이지, 열 페이지, 수십 페이지, 백 페이지로 늘게 되면 책이 됩니다.

글을 쓰는 사람들이 하는 일반적인 글쓰기 방법입니다.

컴퓨터에 입력하는 방법, 노트 메모장에 기록하는 방법, 핸드폰의 전자메모장에 입력하는 방법입니다.

요즈음 Chat GPT가 등장했지요. 이는 큰 충격으로 다가올 수 있습니다. 개념이나 정의를 요약해줘 질문하면 개념을 정리하여 제시해주지요. 특정 주제를 질문하면 내용을 요약하거나, 새로운 글을 창작해주는 기능도 있습니다.

예를 들면 질문하면 많은 아이디어를 얻게 됩니다. 글쓰기는 일상의 모든 분야를 총동원하는 게 생각에 도움이 됩니다. 정답은 아니지만 아이디어를 얻는 것입니다.

글쓰기의 방법 중 또 다른 방법입니다.

글쓰기의 다른 방법입니다. 글쓰기 힘들면 베껴 쓰기나 고쳐 씁니다. 글쓰기 모임에 참석하여 공부하면서 쓰지요. 내가 공부하면 됩니다. 글쓰기는 잘 살아온 인생이라고 합니다. 지금 당장 내 이야기 일상을 쓰면 됩니다. 원고는 일단 쓰고, 고쳐 쓰는 일입니다.

"모든 글의 초고는 끔찍하다. 죽치고 앉아 쓰는 수밖에 없다. 나는 '무기여 잘 있거라'를 마지막 페이지까지 총 39번 새로 썼다."라고 어니스트 헤밍웨이는 말했습니다. 고쳐 쓰기를 강조했지요.

"글은 짧게 쓴다. 쉬운 말로 쓴다. 글쓰기 방법은 쉽고, 짧게, 재미있게 쓴다."가 글쓰기 비법입니다.

3. 10대 글쓰기 습관 미래를 바꾼다

글은 매일 쓰는 것입니다.

우리가 매일 밥을 먹고 신체가 성장하듯이 매일 글을 쓰면 생각이 넓어집니다. 매일 글을 써야 내가 성장하지요. 생각의 성장이고 마음의 성장입니다.

글쓰기는 뇌를 성장시키며 내 마음을 풍요롭게 합니다. 경험입니다. 그러나 글쓰기는 고통이 따르지요. 엄청난 고통이 아니라 귀찮아질 뿐입니다. 글을 계속 써야 하나? 라는 귀찮음을 극복하는 게 시작입니다. 바빠서 사정상 어쩔 수 없을 때도 있습니다. 단 습관의 중요성을 강조합니다.

"오늘 안 해도 되지 뭐", "급한 것 없는데" 하면서 자꾸 내일 내일로 미루게 되지요. 습관 안 돼서 그렇지요.

"내일 쓸 거야"하고 미루는 습관은 버리는 게 좋습니다.

글쓰기는 삶이요 생활입니다.

글쓰기는 매일 하는 습관입니다. 매일 밥 먹듯이 양치하는 습관입니다. 운동선수가 매일 운동하듯이, 댄서가 춤 연습하듯이 매일 하는 것입니다. 습관이 안 되어, 어떻게 하느냐고 하지요.

매일 그냥 쓴다. 지금 조급하게 생각하지 말고, 떠오르는 대로 쓴다. 무조건 쓴다. 아무거나 쓴다. 쉬지 말라. 매일 쓰라. 베껴 쓰라고 외칩니다.

기록하라.

기억을 믿지 말고 손을 믿어 부지런히 메모하지요. 습관이 되기 어렵지만, 그때그때 적어두지 않으면 기억에서 사라집니다. 언제 어디서든지 메모하는 습관은 좋은 습관입니다. 글감이 쌓이면 글쓰기에 귀중한 자료입니다. 글쓰기 좋은 자세는 무조건 쓰는 일입니다. 글쓰기의 모든 것은 습관입니다.

무엇을 쓸지 고민되면 좋은 방법이 있습니다.

독서하며 베껴 쓰는 방법도 좋은 습관입니다. 무엇을 베껴 쓰냐고 생각할 것입니다. 명언, 칼럼, 좋은 글이라고 생각하는 글, 신문, 잡지 등에서 보고 쓰는 일입니다. 안 쓰면 그만입니다. 그러나 글을 쓴다고 하면 귀찮고 힘들지요. 이런 행동을 해야 글이 모이고 쌓입니다.

글쓰기 좋은 습관은 하루아침에 생기지는 않습니다. 평소에 꾸준하게 생활 습관을 들이며 씁니다. 의식적인 노력이 필요하지요. 꾸준한 글쓰기는 인내심입니다. 하루라도 글을 쓰지 않으면 손가락에 관절염 생기지 않게 씁니다.

글쓰기는 인내심이 필요하지요.

never give up.

'1만 시간의 법칙'이 있습니다. 어떤 분야에 전문가가 되려면 적어도 1만 시간의 노력 과정이 필요하다는 의미지요. 지금부터 글쓰기를 매일 1시간씩 글쓰기 하는 자신을 가정해봅니다.

1만 시간은 어떻게 될까?

1주면 7시간, 한 달이면 30시간, 1년이면 365시간, 10년이면 3,650시간, 30년 해야 1만 시간이 된다. 30년 꾸준히 해서 30년 후에 전문가 되기를 바라는가? 30년 후 최고의 전문가가 된다면 으뜸이지요. 좀 더 빠르게 전문가 되려면 하루에 몇 시간 이상 매일 꾸준하게 집중해야 한다는 결론입니다.

4. 글쓰기 뭣이 중한디

화가 로댕 무엇을 생각할까?

떠오르는 조각 "생각하는 사람"이 있습니다.

구체적으로 표현해봅니다. 로댕의 모습을 한번 따라 해보지요. 오른손을 구부려서 왼쪽 다리 정강이에 올려놓고 손목을 구부리고 턱을 고인 상태입니다. 조각처럼 자세잡기가 매우 힘들지요. 그냥 오른쪽 팔로 턱을 괴면 편한 자세인데 왜 이렇게 조각했을지 궁금하지요.

아리스토텔레스의 정의에 따르면, "인간은 생각하는 동물이다."라고 했습니다. 그리고 "인간은 생각하는 갈대"라고 파스칼이 한 말이라고 전해집니다. 생각이 의미하는 바 위대하다. 딴생각은 창의성이요, 새로움이라 생각은 중요하다는 뜻입니다. 글이란 생각을 하도록 하는 마법사지요. 글쓰기는 생각해서 기록하는 것이고, 책 읽기는 생각하게 만들지요. 인간은 생각하고 사는 건지, 살면서 생각하는 건지 구분하기 어렵습니다.

생각하는 게 중요하지요. 생각은 무엇인가?

글은 왜 쓰는가?

무엇을 표현하는가?

나를 표현하기 위해서 글을 쓰지요. 글쓰기는 자기 생각을 잘 표현하는 것입니다. '글을 쓴다'라고 하는 것은 생각의 표현이고, 기록하는 일이지요. 글쓰기는 삶의 흔적을 남기는 일입니다. 글쓰기는 내 인생입니다. 글은 내 생각과 감정을 기록하는 것입니다. 자기감정의 표현을 명확히 해야 좋은 글입니다.

글은 독자를 이해시키는 것입니다. 글은 전하려는 목적이 있게 마련입니다.

글쓰기의 가치는 무궁무진하지요.

글쓰기는 피곤하고 힘든 일입니다. 도전하는 일입니다. 글을 쓰면서 힘든 점은 많습니다. 아이디어도 힘들고, 글을 써야 하는데 생각이 나지 않을 때도 많지요. 글쓰기 고통의 산을 넘으면 즐거움과 기쁨이 넘칩니다. 내 책 만들어 저자가 되지요. 이 일 성취하면 보람과 만족을 얻는다. 유쾌하고 상쾌하고 통쾌함을 느낍니다.

글쓰기에도 마찬가지입니다. 글을 쓰면 자신감이 생기거나 자랑스럽게 생각하게 됩니다.

글을 내가 다시 읽으면 추억이 되고 반갑습니다. 글은 다른 사람에게 보여주기 싫은 게 일기지요. 그러나 시험 성적을 위한 글이라거나 발표하는 글이라면 다르지요. 다른 사람의 마음에 들거나 평가 기준에 적합해야 합니다. 그러려면 보는 눈과 생각이 평가자의 관점이 되어야 하지요. 그래야 평가를 잘 받게 됩니다. 이것이 프레임입니다,

프레임(frame)이란 '창틀'이란 의미지요. 여기서는 "관점(pointofview)"이나 "생각의 틀"을 말하지요. 프레임의 법칙(Framelaw)이란 똑같은 상황이라도 어떠한 "생각의 틀"을 갖고 상황을 해석하느냐에 따라 사람들의 행동이 달라진다는 법칙입니다.

검은색 안경을 쓰고 세상을 보면 검게 보이는 게 바로 고정관념입니다. 같은 상황이 모두 다르게 볼 수 있는 거지요. 고정관념을 버리고 편견을 버려야 합니다. 누구나 고정관념과 선입견과 편견을 갖고 있습니다. 한 번 굳어진 고정관념은 쉽게 바뀌지 않습니다. 그것을 깨는 일은 결코 쉬운 일이 아니지요. 그러나 잠깐의 순간이라도 역지사지(易地思之)하는 습관을 지니면 됩니다. 자기 입장만 생각하는 게 아니라 타인의 입장을 조금이라도 생각하는 거지요. 역지사지의 지혜가 필요하지요. 글쓰기는 이런 마음입니다.

글쓰기는 오감을 만족하는 길입니다.

영화를 보거나 음악회에서 노래를 듣지요. 글쓰기도 마찬가지지요. 글 쓰고 읽고 보고 느끼고 깨닫는 거지요. 마음의 상처를 치유하는 보약입니다. 소망을 기록하면 이루어진다고 합니다. 나를 새롭게 선보이는 게 글이며 글 쓰면 마음이 치유됩니다. 글쓰기는 모든 것을 만족하게 하는 만사형통입니다. 글은 오감을 만족시키지요. 영화나 음악회를 보고 듣지요. 글도 읽고 보고 지식을 습득하며 깨달음을 느끼지요.

글쓰기는 나를 찾는 지름길입니다. 세상과 소통하는 길을 걸어가는 것입니다. 글쓰기는 생각할 줄 아는 사람을 만드는 데 크게 이바지하지요. 내가 글을 쓰면 내 책이 된다. 글을 모으고 글을 쓰면 글감이 생깁니다.

이 글감을 가지고 한 권의 책을 만듭니다.

5. 글 모으기 어떻게 하지?

글은 모으는 것입니다.

"티끌 모아 태산입니다" 속담이 있습니다.

글도 티끌처럼 메모를 모으면 좋은 문장이 되고, 이를 쌓은 게 책입니다. "구슬이 서 말이라도 꿰어야 보배다"를 생각하지요. 메모하는 습관이 중요하지요. 글을 쓰면 글이 모이고, 돈을 모으면 재산이 쌓이고, 부가 형성되지요. 글을 모으면 글감이 쌓이고 책이 되고 작가 됩니다. "천 리 길도 한 걸음부터"이지요.

글 모으기 가장 좋은 방법은 무엇일까?

저자의 경험은 메모입니다. 무조건 적습니다. 좋은 문장이나 생각을 씁니다. 머리에서 떠오르는 무엇 있을 때는 즉시 기록합니다. 글쓰기 좋은 습관은 메모입니다. 메모하는 일은 글쓰기의 출발이고 시작입니다.

메모가 없으면 글감도 없지요. 책 속에 있는 글은 수많은 메모의 집합체입니다.

메모는 언제 할까요?

순간순간 생각날 때 하는 것입니다. 언제 어디에서나 메모한다. 비법은 없다 아이디어가 사라지기 전에 메모하지요.

머릿속의 아이디어는 떠오르는 순간 사라지고 떠오르기를 반복하지요. 기억력이 좋지 않은 나는 늘 메모합니다.

어떻게 메모하느냐?

필기도구는 늘 주변에 다 있습니다. 핸드폰에도 전자메모장이 있습니다. 생각나는 일을 적습니다. 그때그때 적지요. 골똘하게 생각하고 고민이 많을 때 걱정될 때, 떠오르는 아이디어를 적는 것입니다.

메모의 좋은 방법의 하나를 소개합니다. 마인드맵(Mind Map)입니다. 가운데 주제를 정하고 떠오르는 단어나 문장으로 기록합니다. 그림을 그려도 좋지요. 일부만 작성해두고 시간이 지나거나 며칠 후에 다시 쳐다보면 시간이 지남에 따라 좋은 아이디어들이 떠오릅니다.

글 쓰는 행동을 반복하면, 생각과 상상력은 콸콸 쏟아져 나오지요. 글을 쓰는 사람은 메모를 잘해야 합니다.

『E. B. 화이트』는 "위대한 글쓰기는 존재하지 않는다. 오직 위대한 고쳐 쓰기만 존재할 뿐입니다."라고 했습니다.

글을 고쳐 쓰는 경우엔 컴퓨터를 이용하지요. 좋은 글, 인용 문구를 복사하여 사용하는 방법입니다. 좋은 글, 맘에 드는 문장, 명언 등은 컴퓨터에 기록합니다. 해당 문서에서 직접 찾아 복사하여 쓰거나 붙여넣기 하면 됩니다. 글이 많아서 찾기 힘들면 한글 프로그램을 사용합니다.

한글로 작성된 메모한 파일을 열고 CTRL+F 하고, 검색하여 수정하지요. 다음 찾기(F) 클릭하면, 해당 문서에서 해당 문구를 찾게 되며 검은색 음영으로 표시됩니다.

1부 글쓰기의 모든 것

> 내 책 쓰기의 좋은 글 인용 방법이다.
>
> 좋은 글, 맘에 드는 문장, 명언 등은 컴퓨터에 기록해둔다.
>
> 해당 문서에서 직접 찾아 복사하여 쓰거나 붙여넣기 한다.
>
> 또는 글이 많아서 찾기 힘들면 한글 프로그램에서
>
> CTRL+F 하고, 검색하여 해당 문구를 찾는다.

이를 복사하고 다른 곳에 붙여넣기 하고, 글을 고쳐 씁니다. 글을 잘 쓰려면 책도 많이 읽어야 합니다. 이유는 간단하지요. 글을 읽으면 내 정신과 몸에 배어들지요. 그러나 기억에서 사라집니다. 따라서 메모해야 합니다.

글 쓰는 일은 글을 읽는 일입니다. 글을 읽으면 마음의 양식이 쌓이지요. 쌓이면 글쓰기에 활용됩니다. 이를 적절한 곳에 작성하는 일입니다.

글쓰기에 책 도서는 참고 문헌으로 기록하고 글쓰기에 적용하지요. 좋은 글쓰기의 비결 중 하나는 인용입니다. 또한 책에서 봤다면 도서명, 저자, 출판사, 발행 연도도 기록하고, 괜찮은 구절을 기록합니다. 글은 쌓이면 언젠가는 좋은 글감이 되지요. 책을 만들 원고 중에는 인용할 부분이 생깁니다. 다른 책의 내용에서 맘에 드는 어느 정도 적절한 분량이 있다면 인용합니다.

『공자』는 "들은 것은 잊어버리고, 본 것은 기억하고, 직접 해본 것은 이해한다"라고 했습니다. 글은 직접 쓰는 일입니다. 누가 대신해줄 수 없지요. 생각하고 글을 쓰는 일이 가장 오래 기억되고, 깨닫는 길이지요. 글쓰기는 깨달음 느끼고, 마음의 상처를 치유하는 보약이지요.

생각하면 생각할수록 생각은 깊어집니다. 깊이 생각하면 문제는 풀린다, 문제 해결 능력이 향상됩니다. 최고의 인재는 생각하는 인재입니다. 글은 생각의 결과고, 말로 표현한 거고, 발명품이고 창작품입니다.

"구슬이 서 말이라도 꿰어야 보배다"를 늘 생각합니다.

글쓰기는
마음을 치유한다.

1부 글쓰기의 모든 것

6. 나는 청소년 저자다

저자는 글을 써서 책을 만든 자입니다.

내 인생 주인으로 사는 방법이 바로 저자의 삶입니다. 나는 작가다. 글을 마음 내키는 대로 글 쓰는 나는 작가다. 글을 쓰면 작가다. 스스로 마음을 다집니다. 글 쓰면 누구나 다 작가 되는 세상입니다. 글을 쓰지 않는 다른 사람 신경 쓸 일은 없습니다. 글 쓰고 책을 내면 저자 되고, 글을 쓰면 모두 작가입니다.

스티븐 킹은 "작가가 되고 싶다면 당신은 무엇보다 두 가지를 꼭 해야 한다. 많이 읽고 많이 쓸 것"이라고 했습니다.

나는 누구인가?
나는 어떤 사람이 되고 싶은가?
나는 어떻게 살고 싶은가?
나는 글을 쓰는가?

작가는 글을 쓰는 일을 하지요. 작가는 글 쓰는 일이 업(業)이지요. 일반 사람들은 하는 일에 취미로 글을 쓰는 경우가 많습니다.

글을 쓰고 저자 되는 경험은 신바람 나는 일입니다. 초보작가는 대부분 이렇게 시작합니다. 저자는 글이 완성될 때까지 인내심이 필요하지요. 혼자서 힘들 때도 있으며 최종 원고 완성되기까지 고통일 경우도 있습니다. 글이 안 써질 때도 생기지요. 꾸준함이 필요합니다. 글쓰기를 즐기며, 좋아하면 더욱 잘 써집니다. 유명하고 위대한 전문작가도 마찬가지입니다.

작가의 기본자세는 무엇일까요?

작가는 글을 쓰고 책을 읽고 생각을 많이 하는 게 기본이고 모든 것입니다.

송나라(중국) 작가 구양수 명언입니다. 학문을 하는 자세에 대해 "다독(多讀)·다작(多作)·다상량(多商量)"이라고 세 가지 삼다론(三多論)이 전해집니다. 책을 많이 읽고, 많이 쓰고, 깊게 생각하면 지식과 지혜를 얻는다는 의미입니다.

지식생태학자로 유명한 유영만 교수(한양대학교)는 유튜브 강연에서 "책 쓰기는 애쓰기다"라고 했습니다.

글을 쓰다 보면 누구나 좋은 글을 쓰려고 애쓰게 된다는 의미지요. 그래서 글쓰기는 고생이라는 친구와 함께하는 일입니다.

나는 글을 쓸 때 생각 없이 무작정 씁니다. 그래서 독자에게 핵심 메시지를 반복하여 사용한다는 소릴 듣습니다. 모두 귀담아듣고 감사하게 여깁니다. 글을 제대로 쓰려고 공부한다면 더욱 힘들지요. 그냥 쓰면서 생각하면 마음이 편안합니다. 지금 글쓰기 시작하고 점점 더 좋은 글을 쓰도록 노력하면 되지요. 글을 생각하며 써도 되고, 쓰면서 생각해도 상관없지요. 그냥 쓰는 일이 글쓰기입니다.

글의 유형도 알아봅니다.

내가 좋아하거나 멘토로 삼을 책을 선정해요. 내가 정한 멘토 작가의 책을 사서 읽어봅니다. 읽고 또 읽으면서 유형을 파악하는 건 좋은 일입니다. 글쓰기에도 멘토가 필요하다. 나만의 스승입니다.

작가는 글을 쓰는 창작자입니다. 창작은 고통이지만, 창작은 모방입니다. 모방은 창조의 어머니라고 하지 않았던가. "이 세상에 새로운 것은 없다."라는 표현이 있습니다. 표절을 권장하는 게 아니라, 책을 참고하여 인용하는 것도 방법입니다.

쓰고 싶은 주제가 있으면 글을 쓰는 게 작가의 삶입니다.

언제까지 써야 한다는 기한도 없습니다. 다만 글을 책으로 만드는데 가치를 둘 뿐입니다. 책은 독자가 선택해주기를 기다릴 뿐입니다. 독자 필요성에 따라 책의 가치가 다르지요. 누군가는 독서를 즐기지만, 누군가는 관심 없는 게 책을 읽는 행동입니다.

책은 껌딱지처럼 함께하는 게 유익하다. "책 속에 길이 있습니다"라는 말을 다시 생각합니다.

책 속에 길이 있다.

　　　1부 글쓰기의 모든 것

글을 자랑거리다

누군가 말 합니다.

"나도 저자가 되고 싶다"라고 하지요. 말은 이렇게 하면서 글은 안 쓰지요. 글을 쓰지만, 책으로 낼 분량이 안 된다고 합니다. 글은 책 쓸 분량이 되어야 책을 쓸 만들 수 있습니다.

글 쓰면 좋은 점이 많습니다. 세상의 대부분 직업이 글 쓰는 일입니다. 신문, 방송, 영화, 드라마, 작가, 만화, 변호사, 교사, 작가….

글쓰기는 잘할수록 인정받습니다. 글을 쓰다 보면 생각을 많이 하며, 부족함을 알게 되고 호기심이 생기지요. 지금보다 더 많이 공부하게 됩니다. 작가 되면 글쓰기의 최고로 인정받습니다. 호기심과 집중으로 독서하게 되며 몰입을 경험하고 이를 통해 성장하고 성숙해지며 성찰하게 됩니다. 나를 알리는 최고의 퍼스널 브랜딩입니다.

글을 쓰는 일은 글짓기가 아니라 글쓰기입니다.

내가 글을 쓰면서, 내 책을 만들면 자랑스럽고 뿌듯하지요. 글을 모으고, 글을 쓰면 글감이 생기지요. 이 글감을 가지고 한 권의 책을 만들면 됩니다. 글을 쓰는 정답은 없습니다. 다만 방법은 여러 가지가 있지요.

글쓰기에는 글쓰기 정석이 존재합니다. 2부에서 글쓰기 정석 10가지를 자세하게 제시합니다.

글쓰기는 도전하는 일입니다.

글쓰기는 피곤하고 힘든 일이라고 하지요. 글쓰기 고통의 산을 넘으면 즐거움과 기쁨이 넘칩니다. 내 책을 만들면 저자가 되지요. 이 일을 성취하면 나에게 커다란 보람과 만족을 얻습니다. 매우 유쾌하고 상쾌하고 통쾌함을 느끼지요. 책에 내 이름이 저자가 되었다는 통쾌함이 크지요.

글은 쓰는 것이요, 원고가 완성되면 이는 고쳐 쓰는 일입니다. 글은 짧게 쓰는 게 좋은 방법입니다. 중학생이 읽을 수준으로 쉬운 말로 씁니다. 아직 쓴 내용보다 쓸 내용이 많이 남아있습니다. 이 세상에 안 되는 일도 있습니다. 다만 글 쓰는 일은 마음먹으면 되는 일입니다. 내가 해온 글쓰기 오직 마음먹기에 달려 있습니다.

글쓰기 딱 좋은 날이 있을까?

글쓰기 딱 좋은 날은 없다.

글쓰기 좋은 날도 내 마음

글쓰기 싫은 날도 내 마음

글쓰기가 재미있는 날도 내 마음

글쓰기는 다 내 마음입니다.

마음먹기에 따라 글쓰기가 달라지지요.

글쓰기가 과연 다른 일보다 힘들일 일까요?

그렇습니다. 힘든 일입니다. 그러나 누군가는 그러하지 않을 수도 있습니다. 한 글자라도 쓰는 행동이 중요하지요. 글쓰기는 내 삶을 빛나게 해줄 '길잡이'입니다. 글쓰기는 내 마음의 성장을 한 뼘씩 성숙시킵니다. 글 쓰는 동안 마음의 힘이 강해지고 속이 후련해집니다.

내겐 부끄럽지만 뻔뻔한 이야기다. 내 첫 번째 책 [세상에 이런 법이] 글을 다시 보면 오류나 내용에 문제가 있거나 안타까운 표현이 많아 형편없게 느끼지요. 그땐 그런 줄도 모르고 책을 출판했습니다. 내 책 한 권을 끝까지 써내는 일이 중요했지요. 출판의 도전이요 무모함이지요.

이후의 새로운 책 쓰기는 점점 쉬워졌습니다. 누구나 말하기는 쉽지요. 말하면서 글쓰기는 어렵다고 합니다. 말하면서 말을 그대로 글로 생각하면서 쓰면 됩니다. 말하듯이 글을 씁니다. 말이 글이 되고, 글은 말하는 것을 표현한 것입니다. 글쓰기는 수련이고 수행입니다. 내 마음의 성숙이요, 깨달음의 성찰이고 미래를 위한 성장입니다.

찰스 리드 명언입니다. "생각은 곧 말이 되고, 말은 행동이 되며, 행동과 습관으로 굳어지고, 습관은 성격이 되어 결국 운명이 된다."라고 했습니다. 책 만들 생각에 글을 쓰고 지금은 습관이 되어 독서하고 쓰는 일이 매일 하지요. 내 습관이 내 운명을 어떻게 될지 모릅니다. 글쓰기 비법을 알기에 그냥 쓰는 일을 지금도 계속합니다.

인간의 삶은 무엇인가?
'나는 생각한다. 고로 존재한다.', '사람은 생각하는 갈대입니다'. 생각은 누구나 다 있습니다. 다만 그 생각을 글로 표현하느냐? 말로 표현하느냐? 가 문제이지요.

글로 표현하면 책이 되고 말로 표현하면 강의이지요. 말을 많이 하게 되면 재미가 있을까요? 요즘엔 유튜브에도 표현을 많이 합니다. 말을 많이 하게 되면 재미가 있는 사람이 있습니다. 말하는 게 축복인 경우도 있습니다.

　　　1부 글쓰기의 모든 것

유튜브를 보면서 듣기를 즐기는 사람도 많습니다.

뇌는 생각하고, 입은 말하고, 손은 글을 씁니다. 읽기는 어떠할까요? 쓰기만 하면 어떨까요?

글쓰기는 창조입니다.

글을 써본 자만이 압니다. 사는 것, 아는 것, 글 쓴다는 것, 행함을 전하는 것으로 자신을 깨닫습니다.

깨달음을 어떻게 나눌까요?

성찰하고 성장하고 성숙한 인간이 되면 나누게 됩니다.

"나는 감사하며 살아야 한다"라고 다짐합니다.

글쓰기는
창조다.

청소년에게 제안합니다.

글 어떻게 쓸까? 묻는다면 대답이 궁금합니다.

"잘 모르겠는데요", "그냥 막 쓰지요", "생각대로 쓰지요" 할 것입니다.

글쓰기는 너무나도 쉬운 일이라고 말하고 싶습니다. 이유는 "펜을 들고 쓰면 된다"라고 행동하는 일이기 때문입니다. 또는 "컴퓨터 자판을 두드리면 되는 일입니다"라고 말하고 싶습니다.

모든 일은 "시작이 반"이라고 합니다. 그러나 시작이 어렵다고들 말하지요. 글쓰기 첫걸음은 펜을 드는 일입니다. 시작하는 일은 마음먹는 일입니다. 지금 시작입니다.

첫발을 디딘 것입니다. "천 리 길도 한 걸음부터"라는 속담이 있습니다. 이는 진리다. 한 글자 한 글자가 모여야 문장이 되고 글이 모여야 문단이 됩니다.

하루아침에 글쓰기가 잘 될 리는 없습니다.

글쓰기는 도전이고 용기입니다. 글을 쓰다 보면 할 수 있다는 자신감이 생지요. 또한 고통도 있게 마련입니다. 고통이라면 커다란 엄청난 통증이 아니라 무엇을 쓸까를 생각하는 어려움입니다. 무엇인가 집중하여 생각하는 게 쉽지 않다는 의미입니다. 생각하기는 궁리하는 거고, 궁리한다는 것은 집중하는 거고, 집중하는 것은 몰입하는 것입니다. 글쓰기는 생각하는 노력입니다.

글쓰기는 꾸준히 하는 일입니다. 그저 매일 밥 먹듯이 하는 일입니다. 잠시 쉬었다 글쓰기 한다고 누가 뭐라고 안 한다. 휴식하거나 멍때리는 것도 또 다른 좋은 방법입니다, 그러나 꾸준히 시도하면 나중에 글이 쌓이고 책이 된다. 꾸준하게 쓰면 되는 일이 글쓰기입니다.

글쓰기를 즐겁고 재미있게 합니다. 글쓰기는 게임이기 때문입니다. 내가 게임을 시작하고 내가 끝내는 게임입니다. 게임의 결과는 내가 책임을 지면 됩니다. 글쓰기 방법은 쉽고, 짧게, 재미있게 쓴다. 작가가 아니더라도 누구나 글을 쓰면 작가입니다. 아마추어냐 프로냐의 차이일 뿐 나도 작가입니다.

글은 무엇을 쓰는지 상관없습니다. 시를 쓰던지, 수필이나 소설을 직접 쓰는 자가 작가입니다. 유명 작가만 작가가 아니지요. 예를 들면 유명한 가수만 가수인가, 노래를 부르면 가수입니다. 글쓰기를 억지로 할 필요는 없습니다. 억지로 노래 부른다면 즐겁겠는가? 아마 아닐 겁니다.

누구나 가능한 게 글쓰기이지요. 누구나 글을 쓰면 작가입니다. 글은 못 쓰는 게 아니라 안 쓰는 겁니다. 시도하지 않고서 시간이 없다고 핑계를 대는 게 대부분입니다. 국어 실력이 없다고 안 쓰지요. 사실은 글쓰기 할 이유가 없기 때문입니다. 글을 쓰는 목적이나 이유가 확실하면 다 글을 씁니다. 과제를 내거나, 마감 시한에 제출해야 할 서류나, 글은 이유가 있으면 다 쓰게 됩니다.

청소년 글쓰기는 놀이로 생각하고 글을 쓰면 즐겁습니다. 일상을 말하듯이 씁니다. 일기는 일상을 쓰고 느낌과 각오나 다짐을 쓴 글입니다. 일반 글쓰기는 일상을 지내며 관찰하고, 느끼고, 생각하고, 체험하고, 기록하는 일이지요.

청소년 문해력은 책을 읽고, 글을 쓰는 능력과 비례합니다.

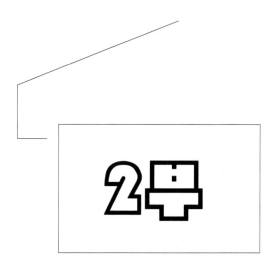

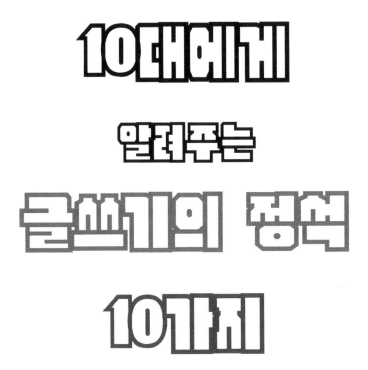

10대에게
알려주는
글쓰기의 정석
10가지

위대한

글쓰기는
존재하지 않는다.

오직 위대한
고쳐 쓰기만
존재할 뿐이다.

- E.B. 화이트 -

2부

글쓰기 정석
10가지

글쓰기
Level Up

2부에서는

10대에게 알려주는

글쓰기의 정석 10가지

에 대하여 구체적으로 살펴봅니다.

2부. 글쓰기 정석 10가지

10대들이여~

청소년은 무엇이든 도전이 가능한 좋은 때입니다.

학교에서 여러 교과목을 배우느라 힘들지요?

나만 힘든 게 아닙니다. 10대 청소년들이 고생하고 있습니다. 20대, 30대, 아니 어른들도 생계유지와 사회 공헌을 위해 고생합니다.

누구나 글쓰기는 힘들다고 생각합니다.

글쓰기에 소질이 있다고 생각하는 사람도 있겠지요. 하지만 글쓰기는 타고 나는 게 아닙니다. 내 호기심과 관심입니다. 관심 분야가 취미나 특기로 발전하면, 즐겁고 재미있는 글쓰기가 시작됩니다. 글쓰기는 놀이로 생각하면 즐겁고 재미있습니다.

글 쓰는 방법을 익히면 누구나 잘할 수 있습니다.

학교 공부는 말하기, 듣기, 읽기, 쓰기를 배우는 곳입니다. 말하기는 대부분 빠르게 적응하지만 듣기는 쉽지 않지요. 듣는다는 방법에 대한 사자성어 이청득심(以聽得心)입니다. 이는 "상대방의 말을 귀 기울여 들으면 그 마음을 얻을 수 있다"라는 뜻입니다. 귀 기울여 경청하는 것은 바람직한 태도입니다.

읽기는 독서다.

독서는 내가 원하는 책을 선택해서 읽으면 됩니다. 쓰기는 대부분 귀찮기도 하며, 힘들다고 말합니다.

말하기, 듣기, 읽기, 쓰기 중에서 글을 쓴다는 것은 제일 힘들다기에 글쓰기 비법을 전합니다. 글쓰기 정석이란 바로 글쓰기의 요령을 제대로 익히는 방법입니다. 글쓰기 완전 초보 과정인 기초부터 자세하게 설명합니다.

2부에서는

10대들에게 필요한 글쓰기 정석 10가지에 대하여 살펴봅니다.

5부 [글쓰기 실제]에 글쓰기 끝말잇기 연습합니다.

글쓰기 첫걸음

글쓰기와 글짓기는 비슷한 말입니다.

글쓰기는 내 생각을 표현하는 글을 쓰는 것이며, 글짓기는 글을 꾸며내는 창작하는 거지요. 글솜씨가 뛰어나야 시나 소설, 수필 등 글쓰기가 가능합니다. 물론 둘 다 비슷하지만 시나 소설과 보고서나 논문을 쓰는 글의 의미는 같지 않습니다. 특히 학교에서 학생에게 시험에서 요구하는 글쓰기는 다르지요.

글짓기는 정보 전달을 목적으로 문장을 정리하여 글을 지어나가는 행위지요. 글짓기는 주제에 대하여 꾸며내는 글입니다.

글짓기는 글을 쓰기가 힘들어서 대부분 쉽게 포기합니다. 글은 쓰는 거지 글을 짓는 것은 쉽지 않습니다.

생각을 표현하는 글쓰기는 즐거움과 재미로 글쓰기 하면 좋은 일입니다. 글쓰기는 고통과 괴로움입니다. 오늘날 학교에서 글쓰기가 시험 성적으로 괴로움이 있지요. 글쓰기는 원래 즐거움을 주는 게임입니다.

글쓰기는 경험하고, 생각을 쓰는 일입니다.

다른 사람에게 전하는 것입니다. 글쓰기는 글을 쓰는 일이요, 창작의 지름길이지요. 글짓기와 글쓰기를 딱 떨어지게 구분하기도 어렵지요. 작문하는 일이 창작이고 글쓰기가 글짓기입니다. 이 둘의 용어는 함께 써도 크게 문제 될 일은 없다고 생각합니다.

글쓰기 기초과정 익히기

한 단어는

한 문장이 되고,

한 문장은

한 단락이 됩니다.

한 단락은

한 페이지가 되고,

한 페이지가 모이면,

한 권의 책이 됩니다.

글쓰기는 "티끌 모아 태산이다."를 실감합니다. "구슬이 서말이라도 꿰어야 보배다"를 생각합니다.

한 글자 한 글자 작성하다 보면 한 편의 수필이 됩니다.

생각을 표현하는 글쓰기 정석 10가지

글의 기본 표현 방법입니다.

글은 한 글자로 시작합니다. 한 글자는 한 단어로 뭉쳐 의미를 전합니다. 한 단어는 다양한 뜻을 포함하는 한 문장의 기본입니다. 글쓰기는 상상하는 일입니다. 글쓰기의 시작은 한 단어로 출발합니다.

단어 쓰기

한 줄 쓰기

문장 쓰기

3행시 쓰기

요약하기

주제별로 쓰기

신문 칼럼 쓰기

서술형 쓰기

논술형 쓰기

창작하는 글쓰기

1. 단어 쓰기

글쓰기의 시작은 한 글자입니다.

한 단어 쓰기 한번 해보자. 일상이나 현재의 상태를 작성합니다. 한 단어는 다양한 뜻을 포함하는 한 문장의 기본이 됩니다. 아침부터 저녁까지의 일상의 경험이나 일화입니다.

지금 떠오르는 한 단어는?
다음의 네모에 글을 써보자. 한 단어를 작성합니다.

이 단어가 떠 오른 이유를 내 생각을 간단하게 써봅니다.

글을 쓴다는 것은, 이렇게 시작합니다. 그냥 즉시 쓰는 일입니다. 내 생각을 무작정 쓰기도 하며, 뜬금없이 주제를 잡고 시작하는 글도 있습니다.

끝말잇기를 해보자

끝말잇기는 여러 사람이 하는 말놀이지만, 글쓰기 연습하기에 좋은 방법입니다. 끝말잇기를 글로 작성해보자. 일단 간단하게 예를 들면 다음과 같습니다.

단어 "독서"로 시작합니다.

독서-서당-당구장-장독대-대나무-무대-대동소이-이심전심-심심한 사과….

여기에서 심심한 사과에 대하여 문해력을 이야기합니다. 문해력은 문장을 이해 못 하는 게 아니라 동음을 이해하지 못하지요. 최근 뉴스에서 회자하고 있는 '심심한 사과'는 '심심하다(甚深하다)', '사과하다(謝過하다)'가 합쳐진 단어로 '매우 깊게 사과드린다'라는 뜻이다.[2] 심심(甚深)한 사과(謝過)는 진심으로 사과한다는 한자 표현입니다.

글을 이해하는 수준은 다르지요. 문해력이 평균 이하인 사람도 올바르게 이해할 수 있도록 쉽게 쓰는 글과 말이 필요하지요. 쉬운 단어를 사용하는 것이 필요한 시대지요.

---

2) 나무위키
   https://namu.wiki/w/심심한 사과

이번에는 끝말잇기 단어 10개 쓰기입니다. 규칙은 명사만 작성합니다. 단 두음법칙으로 ㄹ, ㄴ, ㅇ은 사용해도 됩니다.

[예시] 끝말잇기 단어 쓰기

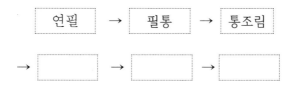

글쓰기의 기초는 단어 쓰기지요.

단어 쓰기 끝말잇기는 재미와 단어 어휘력을 향상하게 시킵니다. 이번에 쓸 단어는 3글자 이상만 쓴다는 규칙입니다. 네모 칸에 끝말잇기 단어 모두 씁니다.

[예시] 끝말잇기 3글자 이상 단어 쓰기

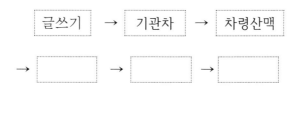

. . . .

끝말잇기는 한 번뿐이 아니라 지속적인 연습이 대화가 필요합니다. 가정이나 학교에서 가족과 친구와 대화하면서 게임 형식으로 하게 되면 즐겁고 재미있습니다. 다만 단어가 생각이 나지 않거나 힘들면 독서를 하는 거다. 여러 가지를 간접 경험하면 말하기에도 효과가 큽니다.

10대에 누구나 상관없이 끝말잇기를 꾸준하게 실천하면 어휘력이 향상될 것입니다. 꾸준한 글쓰기는 글 잘 쓰는 비법입니다.

5부 [글쓰기 실제]에 제시된 [과제 1~2] 끝말잇기 표에 직접 또는 복사해서 글쓰기 연습을 꾸준하게 합니다.

제시하는 단어를 보고 쓰기

다음에 제시하는 단어를 읽습니다.

20개 정도를 한 단어 한 번씩 또박또박 읽어줍니다.

다음에 제시하는 단어 20개를 읽는다.

학교, 지하철, 시장, 회사, 자동차, 텔레비전, 핸드폰,
인공위성, 사과, 아파트, 슈퍼마켓, 운동화, 바구니, 명태,
필통, 자전거, 주유소, 인형, 시내버스, 우주선

3)

_____

3) https://wordcloud.kr/

[예시] 단어 쓰기

기억 나는 단어를 순서와 상관없이 무조건 쓰기
3분 정도

자동차

정답 확인하기
 단어를 생각하여 다른 글 쓴 것 확인하기

2부 글쓰기의 정석 10가지

단어로 빈칸 채우기

[음식]을 주제로 생각나는 단어를 무조건 씁니다.

김치		

보고 말하고 쓰기

가족, 친구와 함께 단어 카드 20개 정도를 3초 정도 보여
준다. 다 보여준 후 기억을 확인합니다.

기억 나는 단어를 순서와 상관없이 무조건 말하기

단어 카드 보여주고 기억 쓰기

[과제 4] 주제별 생각나는 단어 쓰기(1분)

[주제별] 생각나는 단어를 무조건 씁니다.

(중략)			

[과제 4] 주제별 생각나는 단어 쓰기(3분)

[주제별] 생각나는 단어를 무조건 씁니다.

글쓰기	연필		
(중략)			

[과제 6] 단어로 빈칸 채우기(5분)

생각나는 단어를 무조건 다 채운다.

책 만들기			
(중략)			

어떻게 쓸까?

무엇을
쓸까?

인류에 대해 쓰지 말고,
한 인간에 대해 쓰라.

-미국 수필가 EB화이트-

2. 한 줄 쓰기

한 단어 쓰기.

한 단어나 한 문장으로 한 줄 쓰기 합니다.

앞장에서는 생각나는 일상의 단어를 끝말잇기 했습니다. 단어를 문장으로 작성하는 게 한 줄 쓰기지요. 누군가는 보통 한 줄 쓰기도 어렵다고 합니다. 한 줄 쓰기는 글쓰기의 기본입니다. 한 문장 완성하기를 통해 생각하고 쓰는 행동의 반복입니다. 문법을 잘 모른다 해도 그냥 쓰는 거지요. 걱정할 필요가 전혀 없지요. 생각을 말을 글로 쓰면 됩니다. 말하듯이 쓰면 됩니다. 말을 한 줄로 바꿔쓰는 방법입니다. 대화하는 말을 글로 바꾸는 게 한 줄 글쓰기입니다.

좋아하거나 잘하는 게 무엇인지 생각합니다.

좋아하는 것, 잘하는 것, 하고 싶은 것을 한 줄 쓰기 합니다. 내가 좋아하는 것을 말하듯이 쓰면 됩니다. "나는 운동을 좋아한다." 생각을 말로 표현하는 것을, 말을 글로 쓰는 게 한 줄 쓰기입니다.

보통 한 줄 쓰기는 단어를 이용하여 씁니다. 예를 들면, 내가 좋아하는 것이 게임이면 "게임을 좋아한다." 이렇게 쓰면 됩니다. 운동, 독서, 영화감상 등 한 단어로 글쓰기 해보자. 가장 잘하는 것, 미래 되고 싶은 것, 가고 싶은 곳, 갖고 싶은 것 떠오르는 한 단어는?

이유는 무엇인가?

좋아하는 이유를 생각하고, 한 줄 글쓰기 해보자. 이유나 생각이 갑자기 많아지거나 멍하게 됩니다. 갑자기 이유를 쓰려니 막히지요. 무슨 글을 쓰지. 왜 쓸려고 했지. 걱정되고 고민하게 되는 게 당연합니다.

좋아하는 이유는?

_____

입니다.

다시 한 줄 글쓰기 해보자.

예시입니다.

"나는 작가가 되어 유명해지고 싶다." 글을 써도 좋지요.

이 책을 읽게 된 이유는?

지금 머리에서 떠오르는 단어는?

[예시] 단어 글자 수와 상관없이 단어 2개를 씁니다.

| 책 | 가시 |

두 단어를 연결하여 한 줄 쓰기 합니다.

하루라도 책을 읽지 않으면 입안에 가시가 돋는다.

이 문구는 안중근 의사(義士)의 유명한 문구다.

[예시] 단어 글자 수와 상관없이 단어 2개를 씁니다.

| 공부 | |

두 단어를 연결하여 한 줄 쓰기 합니다.

한 줄 쓰기는 글쓰기의 기본 중의 기본입니다.

가끔 한 번씩 한 줄 글을 쓴다고 글쓰기 능력이 향상되는 게 아니지요. 글은 매일 밥 먹듯이 매일 한 줄 글쓰기를 하는 습관이 중요합니다. "문장력이 약하다.", "문법을 모른다"라고 핑계 대지 말고 그냥 한 줄 쓰는 일을 반복하는 일입니다.

글쓰기 실제의 한 줄 쓰기 페이지를 복사하여 매일 한 줄이라도 쓰는 습관을 들이면 한두 달 지나면 글을 잘 쓰는 습관이 됩니다. 쓰기에 자신감으로 글을 적극적으로 쓰는 일입니다.

이제 주제를 잡고 한 줄 글쓰기의 전문가 길에 들어선 거지요. 주제를 잡고 한 페이지 쓰면 한편의 글이 완성됩니다. 매일 한 줄 글을 쓰고 모으면, 한 페이지 되고 한 권의 책이 됩니다.

매일 한 줄 글쓰기는 글쓰기의 기본입니다.

주제를 정하는 한 줄 쓰기

　주제를 정하는 단어 2개 떠오르는 단어를 쓰고 한 줄 쓰기를 합니다. 서로 연관이 있는 단어 또는 전혀 상관없는 단어를 쓰고 생각하는 글쓰기입니다.

　예를 들면 음식을 주제로 단어를 쓴다면 김밥, 자장면이 있습니다.

김밥	자장면

　위의 두 단어를 연결하여 한 줄 쓰기 합니다.

　일상의 단어 3개를 작성하고 한 줄 쓰기 합니다.

자동차		

3단어를 묶어서 한 줄 글쓰기 해보자.

[예시] 생각나는 단어를 무조건 씁니다(3분 이내).

학교		
	시험	

[예시] 위에서 작성한 3단어 선택하고 3분 이내로 두 줄 쓰기 합니다.

학교		

글쓰기는 단어로 출발합니다. 단어가 모여 한 문장이 됩니다. 이 한 문장을 잘 쓰면 글쓰기의 모든 게 완성됩니다.

글쓰기 시작은 한 문장입니다.

명사와 형용사 한 줄 쓰기

글을 쓰다 보면, 사물의 성질이나 상태, 존재를 표현하는 단어를 쓰게 됩니다.

형용사는 글을 좀 더 보충 설명하기에 문장을 풍성하게 만드는 역할을 합니다. 보통 명사를 꾸며준다고 표현합니다.

예를 들면 "아름다운 꽃이 피었다."에서 "아름다운"이 형용사이고 "꽃"은 명사입니다.

[예시] 형용사와 명사의 예시 글입니다.

형용사	명사
예시 : 건강하다	운동화

두 단어를 연결하여 한 줄 쓰기 합니다.

예시 - 운동화를 신고 열심히 달리면 건강하다.
[과제 1]

[예시] 한 줄 쓰기 연습하기

형용사와 명사 두 단어를 연결하여 한 줄 쓰기 합니다.

형용사		명사
행복하다		

형용사와 명사를 쓰고 연결하여 글쓰기 합니다.

[과제 2]

[예시] 형용사 명사 쓰기

지금 생각나는 형용사와 명사 단어를 무조건 씁니다.

형용사		명사
기쁘다		책

[예시]

형용사와 명사 두 단어를 적절하게 연결하여 한 줄 쓰기
합니다.

[과제 3]

형용사	명사

[과제 4]

여러 단어를 적절하게 연결하여 글쓰기 합니다.

형용사	명사	명사

간단한 서술어 글쓰기

서술어는 문장에서 매우 중요하다.

서술어는 문장을 구성하는 뼈대입니다. 뼈대가 튼튼해야 바로 서는 것처럼 문장 성립의 핵심입니다.

어떤 문장의 글을 정의하는 문장입니다.

나는 글을 씁니다.

주어는 '나'이고 서술어는 '글을 씁니다'입니다. 주어와 서술어의 관계는 글을 문장 구성에 핵심입니다. 주어가 빠질 수도 있습니다. 그러나 주어 없는 문장이나 글은 있을 수 없습니다.

주어는 기본 중의 기본입니다. 빼도 문장에 지장이 없다면 주어는 생략하거나 빼도 됩니다.

나는 주어와 서술어를 사용하여 간단한 글쓰기 합니다.

[과제 1] 간단한 서술어 글쓰기

주어와 서술어를 사용하여 간단한 글쓰기 합니다.

예시 - 나는 학교에 간다. 나는 공부를 합니다….

[과제 2] 일상에서 관심 있는 분야 문장 쓰기

일상에서 관심을 두는 분야 단어나 **문장**으로 나열하기

예시 - 학교 가기, 유튜브 보기, 경기하기….

일상의 관심사를 나열하면 내가 흥미를 갖거나 취미나 특기를 알 수 있습니다. 이런 자신을 관찰하게 됩니다.

자신을 찾는 지름길입니다.

[과제 3] 일상의 문장 쓰기

앞장에서 일상에서 관심을 두는 분야 단어나 문장으로 나열하였습니다. 하나를 선택하여 그 이유를 작성합니다.

1개만 선택하여 작성합니다.

예시 - 유튜브 보기 　이유는? 유튜브를 보면서 재미를 느끼기 때문입니다.
1.
이유는?

이렇게 글 모이면 한 편의 나의 글쓰기 능력이 향상되지요. 내 글이 완성되는 것입니다.

내 글은 바로 나의 생각이고 나를 찾게 해주는 나침반입니다.

3. 3행시 쓰기

한 줄 쓰기를 늘리는 게 글쓰기의 방법입니다.

두 글자 단어를 생각하여 2행시를 써봅니다.

한	한 줄로 글쓰기를 시작합니다.
줄	

3행시는 세줄 쓰기입니다. 일단 3행시 쓰기를 합니다.

[예시] 3행시 쓰기 재미있게 글을 씁니다.

홍	홍길동은
길	길이 아무리 험하거나 멀어도
동	동에 번쩍, 서에 번쩍 축지법 씁니다.

내 이름을 3행시 3줄 쓰기를 해봅니다.

글쓰기 3행시 쓰기

글	글을 쓰는 일은 재미있다.
쓰	
기	

3단어 생각하고 3행시 쓰기

[예시] 4행시 4줄 쓰기를 해봅니다. 노래 가사입니다.

봄	봄이 오면 산과 들에 진달래 피네
여름	여름이 오면 햇빛 쨍쨍 내리는 뜨거운 날
가을	가을이 오면 아침부터 찬 바람이 분다.
겨울	겨울이 오면 손이 꽁꽁 발이 꽁꽁

4행시 스기

4행시 쓰기 쓰기를 해봅니다.

작	작가는 글을 쓰는 사람이다.
가	
되	
기	

사자성어를 4행시 쓰기를 해봅니다.

작	작정하고 시작한 목표가
심	
삼	
일	일이 제대로 되었다.

일상에서 관심 있는 분야 문장 쓰기

[예시]

일상에서 관심을 두는 분야 단어나 **문장**으로 나열하기

예시 - 학교 가기, 유튜브 보기, 경기하기….

일상의 관심사를 나열하면 내가 흥미를 갖거나 취미나 특기를 알 수 있습니다. 이런 자신을 관찰하게 됩니다.

자신을 찾는 지름길입니다.

앞장에서 일상에서 관심을 두는 분야 단어나 문장으로 나열하였다.

하나를 선택하여 그 이유를 작성하지요.

1개만 선택하여 작성합니다.

예시 - 유튜브 보기 　이유는? 유튜브를 보면서 재미를 느끼기 때문입니다.
1.
이유는?

이렇게 글 모이면 한 편의 나의 글쓰기 능력이 향상되는 것입니다. 내 글이 완성됩니다. 내 글은 바로 나의 생각이고 나를 찾게 해주는 나침반입니다.

낱말 보고 쓰기

가~하로 시작하는 글자를 생각하여 글쓰기 합니다.

[가~하]로 시작되는 문장 쓰기

가	가수의 노래 가사는 ~
나	
다	
라	
마	
바	
사	
아	
자	자전거를 타고~
차	
카	
타	
파	
하	하루 종일 ~

관심 있는 분야 창작 글쓰기

오늘 하루 생각나는 3가지 단어 작성하고 글쓰기

단어 3개 쓰기

1	2	3
	점심시간	

예시 : 학교, 점심시간, 탕수육

학교 점심시간에 짜장면과 탕수육이 나와서 놀랐고,
너무 맛있게 잘 먹었다. 요리사님께 감사를 드린다.

문장 이어 창작하는 글쓰기

일상에서 창작하는 글쓰기는 문장을 이어가는 글쓰기다.
이야기나 하고 싶은 대화를 작성합니다.

예시를 들면 한 줄 문장 대화하는 글쓰기 방법입니다.

오늘 급식 시간에 ~

A	
B	점심시간에 먹은 김치가 ~

A	
B	

A	
B	

A	
B	

예시를 들면 짝과 또는 3~4명이 돌아가며 한 줄 문장 쓰는 방법입니다. 대화하지 않고 글을 읽어보고 차례차례 돌아가며 1줄을 채우는 글쓰기가 이야기 창작하는 글쓰기입니다.

글쓰기는 재미있는 이야기를 상상하여 글을 쓰는 재미있는 놀이입니다.

집으로 오다가 친구와 떡볶이를 ~

1	
2	
3	떡볶이는 ~
4	
5	
6	
7	
8	
9	결국은 ~
10	

글을 쓰는 일은 이렇게 합니다.

글쓰기는 글을 쓰는 행동입니다.

일단 쓰는 것이 가장 좋은 방법입니다. 누구나 글쓰기를 싫어합니다. 그렇지만 글이 모여야 책이 되는 것입니다.

글 쓰는 비법은 따로 없다. 꾸준하게 글을 쓰는 행동 그 자체입니다. 꾸준하게 글을 쓰는 사람은 많지 않습니다. 오랜만에 작심하고 글을 쓰는 경우도 많지요. 이게 시작입니다. 작심삼일을 반복하는 삶이 현명한 방법입니다.

하나의 단어가 한 문장이 되고, 하나의 문장이 한 단락이 되고, 한 단락의 문장이 한 페이지가 됩니다. 한 페이지가 모여 100여 장 되면, 한 권의 책이 됩니다.

글이 모여 쌓이면, 책이 되는 것입니다. 한 권의 내 책을 만들면 자신감이 생기지요. 저자가 되면 세상이 달리 보입니다. 내 마음의 변화가 시작합니다. 그 무엇과도 바꿀 수 없는 귀중한 보물을 얻은 느낌이지요. 지금 한 줄의 글이 시작이고 이게 반복하면 됩니다. 글을 쓰면 작가가 됩니다.

쓰기 시조 쓰기

시조는 우리나라 고유의 정형시로 대부분 3줄입니다.

시조마다 글자 수의 차이가 있습니다. 규칙성을 가진 시다. 첫 줄은 초장, 다음 줄을 중장, 마지막 줄은 종장이라 합니다. 글자 수가 대부분 3, 4, 3, 4이지요. 글자 수가 정해진 것은 아니지만 리듬감이 있습니다. 시조를 직접 읽어보고 바꿔 써보면 쉽게 쓸 수 있습니다.

시조는 대부분 세 줄로 이뤄져 있습니다. 무슨 내용을 쓸 것인지 생각합니다. 3단어 또는 4단어가 주로 하며, 길면 5단어 이상 구성합니다.

시조 읽기 2편 읽기

양사언 (1517- 1584)
태산이 높다 하되 하늘 아래 뫼이로다
오르고 또 오르면 못 오를 리 없건마는
사람이 제 아니 오르고 뫼만 높다 하더라.

송강 정철(1536~1593)
어버이 살아실제 섬기기를 다하여라
지나간 후면 애닯다 어이하리
평생에 고쳐 못할 일은 이뿐인가 하노라

창작하는 시조 쓰기

제목

[4부 글쓰기 실제]의 시조 쓰기 용지에 시조를 씁니다.

어떻게 쓸까?

무엇을
쓸까?

위대한 글쓰기는 존재하지 않는다.
오직 위대한 고쳐 쓰기만
존재할 뿐이다.

- E. B. 화이트 -

4. 사진(그림) 보고 글쓰기

푼크툼(punctum)은 라틴어로 "찌름"이라는 뜻으로, 사진을 봤을 때의 개인적인 충격과 여운의 감정을 말합니다. 똑같은 사진이나 그림이라도 보는 사람에 따라 다른 느낌이 들게 된다는 의미입니다. 한마디로 말하면 타인에게는 특별한 감정 없이 아무렇지도 않은 사진이지만, 자신에게는 느낌이 오고, 가슴을 찌르고, 오랫동안 응어리가 지는 그런 요소를 "푼크툼"이라고 한다.[4]

한 장의 그림이나 사진이, 다른 사람에게는 아무 느낌 없는 사진인데, 무엇인가 다가오거나 생각나게 하는 그 무엇이 있습니다. 내 머리에서 과거를 회상하거나, 오랫동안 마음속에 새겨진 주관적인 느낌이나 생각들입니다. 한 장의 그림을 보고 떠올린 사건이나 기억을 글로 쓰는 행동입니다.

---

4) 나무위키
https://namu.wiki/w/푼크툼

그림을 자세하게 관찰하고, 가장 인상 깊은 곳 또는 느낌이 가는 부분을 찾아봅니다.

5)

떠오르는 단어 2~3개 정도 쓰기

_____

그림을 보고 떠오르는 단어를 연결하여 한 줄 쓰기

_____

3줄 쓰기

_____

_____

_____

---

5) 나무위키 러다이트 운동
https://namu.wiki/w/러다이트 운동

그림을 보고 생각나는 글을 작성합니다. 내 생각과 느낌이 중요하다. 모두 의미와 가치가 있는 아름다운 글입니다.

6)

그림을 보고 관찰하여 단어 쓰기

부분 관찰하여 단어 쓰기

단어를 연결하여 글쓰기

전체 그림을 보고 글쓰기

---

6) 나무위키 세종
https://namu.wiki/w/세종(조선)

그림 보고 질문하는 글쓰기

아래 『김홍도의 씨름』 그림을 보고 질문내용 글쓰기

질문

1.

2. 등장인물은 모두 몇 명?

3.

4. 그림의 시대를 알 수 있는 사항은?

5.

6.

그림을 보고 떠오르는 느낌이나 소감을 단어 3개 쓰고 짧

을 글쓰기

단어 3개 쓰고 글쓰기

기와집	

5줄 쓰기

2부 글쓰기의 정석 10가지

그림을 보고 생각나는 글을 작성합니다. 내 생각과 느낌이 중요하다. 모두 의미와 가치가 있는 아름다운 글입니다.

7)

새로운 그림을 보고 5줄 이상 글쓰기

구체적인 장면, 사실, 개인적인 느낌도 적어도 됩니다.

_____

_____

_____

_____

_____

---

7) 유덕철 작가, 수묵화 제주도 용두암

어떤 책의 제목과 그림을 보고 생각나는 글을 작성합니다.
내 생각과 느낌이 중요하다. 모두 의미와 가치가 있는
아름다운 글입니다.

도서 표지입니다.

제목-네 꿈을 펼쳐라.

내용이 궁금할 것입니다. 그림을 보고 상상하여 내용이 무엇일까? 작성해봅니다. 5줄 이상 글쓰기

표지를 보고 제목을 보고 감상한다.

내용 상상하고 작성한다.

5. 주제별 글쓰기

1분간 글쓰기를 해봅니다.

주제를 정하지 않고 무작정 떠오르는 생각, 일화 등을 편안하게 글쓰기 방법입니다.

일단 쓰기 방법입니다.

지금 무엇을 쓸까 생각하고 생각나는 글을 작성한다.

주제를 정하고 1분간 글쓰기

   주제에 맞는 생각을 떠올려서 1분간 글쓰기를 해봅니다. 무작정 떠오르는 단어를 연결하여 아무 글이나 아무 내용 상관없이 떠오르는 글쓰기 방법입니다. 주제에 집중하므로 내 생각이 일부분으로 집중하게 되며 떠오르는 글이 주제와 연결됩니다. 가능한 한 빨리 많이 쓰면 글쓰기 연습 방법입니다. 글쓰기 공부를 함께하면 더욱 즐겁습니다.

   주제 [핸드폰]

   핸드폰의 장단점에 대하여 간단하게 작성한다.

3~5분간 글쓰기

 시간을 늘려 글쓰기 연습합니다. 3분~5분간 짧은 글, 간단
한 글쓰기를 연습합니다. 일상을 일기 쓰듯이 씁니다.
감동이나 느낌을 작성해도 좋습니다.

 주제 [점심시간]

 점심시간의 맛과 친구들과의 대화를 적어도 좋다

부모님께 편지쓰기

부모님께 편지글을 씁니다.

어떻게?

할 말이 없는데 생각할 수 있습니다. 일단 부모님의 생일이라 생각하고 감사의 편지를 써보자. 감사하는 내용, 존경하는 마음 사랑하는 마음 감정을 구체적으로 써 봅니다.

FAMILY

부모님 은혜와 감사의 편지를 작성한다.

보고, 듣고, 읽고, 쓰기

세상의 소식이 너무나 많다. 뉴스는 신문, 잡지, 인터넷, 방송이 넘치지요. 이 중에서 하나를 택하고 읽지요. 그리고 내 생각을 글쓰기 합니다. 일종의 비판적 글쓰기도 좋습니다. 비판적이란 옳고 그름을 판단하는 글쓰기입니다.

검색 주제 (제목) － [자유]

6. 육하원칙(5W1H) 글쓰기

신문 기사, 진술서, 반성문 등을 작성하는 방법입니다.

신문기자라 생각하고 사건을 상상하여 기사 작성하는 글쓰기 합니다.	
누가	
언제	
어디서	
무엇을	
왜	
어떻게	

누가, 언제, 어디서, 어떻게, 무엇을, 왜

Who, When, Where, What, Why, How 모두 구체적으로
글을 쓰지만, 간단하게 작성할 수도 있습니다.

누가	나는 ~
언제	지금 ~
어디서	
무엇을	육하원칙 글쓰기 ~
왜	글쓰기를 하는 이유는 ~
어떻게	

[4부 글쓰기 실제]의 육하원칙 글쓰기 용지에 작성합니다.

7. 신문 보고 글쓰기

신문 기사 제목 보고 생각나는 글쓰기입니다.
아래 칼럼 제목을 보고 자신이 상상하여 기사를 작성합니다.

칼럼
_____

[현장칼럼] 인공지능 시대의 메이커 교육

영상보고 글쓰기

뉴스 영상, 다큐멘터리, 시사 영상을 보고 자신의 느낌과 소감을 작성합니다.

8)

[문해력 기획 1편] "학생 문해력 저하

칼럼 읽고 글쓰기

한국교육신문 2022.07.16

[현장 칼럼] 인공지능 시대의 메이커 교육

미국 메이크 미디어의 설립자 데일 도허티(Dale Dougherty)는 TED 강연에서 "만드는 활동은 인간의 본성이라는 관점에서, 제작 방식과 관계없이 '우리는 모두 만드는 사람'"이라고 말했다.

<중략>

지속 가능한 대한민국의 위대한 미래를 위해, 홍익인간의 이념을 실천하는 메이커 교육 문화확산을 기대합니다.

한국교육신문

교육 연합신문

https://www.youtube.com/watch?v=3qr3R_HjYvQ

칼럼은 출력하여 준비하고 읽고 요약하는 글쓰기입니다.

1. 읽기 - 5분

2. 밑줄긋기

3. 주제 핵심 단어 쓰기
   [칼럼] 한마디로 말하면?

4. 1줄 설명 쓰기

5. 3줄 요약하기

6. 칼럼 메시지에 대한 MY 생각 정리

7. 발표

신문 기사 요약하는 글쓰기

신문 기사	제목 읽기 주제 칼럼
3줄 정도 요약하기	제목:
질문거리 쓰기	
내 생각 주장 쓰기	

8. 서술형 쓰기

학교에서 서술형 평가는 대부분 학생에게 고민이 많다. 주어진 조건에 맞게 글을 써서 제출해야 하기 때문입니다. 시험 성적인데 어떻게 써야 제대로 쓰는 줄 모른다. 학교 시험 성적의 글쓰기는 글을 정확히 읽고, 한 문장 또는 몇 개의 문장으로 정리하는 능력이 필요합니다.

'~에 대해 설명하시오,

~에 대하여 서술하시오'와

~에 대하여 'A와 B를 비교하여 설명하시오' 같은 문제입니다.

서술이란 자신이 생각하고 느끼는 것을 글로 적는 일입니다. 읽는 이에게 전달하는 글입니다. 설명하는 글 대부분이 서술방식에 해당합니다. 서술형 평가는 문제 내용을 파악하고 출제자의 의도에 맞는 글을 쓰는 것입니다. 주어진 문제에 대해 자신이 생각하는 지식이나 의견 등을 직접 서술하도록 하는 평가 방식입니다.

제시된 내용을 짧게 요약하여 설명하는 정답을 작성하는 게 대부분입니다. 서술형의 핵심은 요약과 생각의 정리 과정, A와 B의 차이점을 설명하는 글입니다. 간단한 개념을 설명하는 글쓰기다. 핵심을 쉽게 정리할 수 있는가를 가리는 수준이 대부분입니다.

서술형 문항은 제시한 문항 내용을 읽고 답이라고 생각하는 지식이나 의견 등을 직접 글로 작성하는 방식입니다.

일단, 문제의 내용을 본문 내용을 꼼꼼히 읽는 것입니다.

둘째, 문제의 정답 작성 유형을 파악하는 것이 중요합니다.

셋째, 본문 내용을 요약하여 정리하는 것입니다.

본문의 내용을 요약하는 것은 간단하게 몇 가지로 적는 것이므로 본문의 내용 그대로 파악하는 것이 중요합니다.

넷째, 글을 쓸 때 국어의 문법 띄어쓰기와 문장부호를 제대로 표시합니다.

묘사의 글, 서사의 글을 자연스럽게 씁니다. 구체적으로 제시하는 글쓰기 방식은 정확하게 생생하게 재현하는 글입니다.

묘사를 잘하려면 구체적으로 자세하게 특징을 쓴 글입니다. 인물이나 풍경이나 보이는 모습을 자세하게 쓰지요. 사진이나 초상화를 글로 표현하는 것입니다. 어떤 상황을 설명해 주기 위해서 오감을 자극하는 정보를 최대한 제공합니다. 오감이란 시각, 청각, 촉각, 미각, 후각을 자극하는 상세한 정보를 말합니다. 간결하고, 인상 깊은 문장을 적절하게 씁니다.

서사는 사건의 시간의 흐름에 따라 구체적으로 작성한 글입니다. 행동이나 사건을 이야기하는 방법입니다. 영화나 연극처럼 시간의 흐름을 어떻게 구체적으로 쓸까?

의미 있게 쓴다는 것은?

적적한 사건 선택하고 정확하게 구체적으로 쓰지요. 움직임과 시간 의미를 적절하게 표현합니다. 인물, 시간의 흐름, 전개 과정, 구체적 제시하지요. 처음과 끝 연관되는 내용을 제시합니다. 있었던 일을 자세하게 쓰는 일 이지요, 있었던 일을 사례로 작성합니다. 서사 글쓰기는 내 이야기를 일어난 시간 순서에 따라 쓰는 일입니다.

묘사의 글쓰기

내가 정말 쓰고 싶은 글을 씁니다.

존경하는 부모님~

생일 축하 ~

장소, 사람, 사물들을 기억할 수 있도록~

서사의 글쓰기

생각하며 상상하고 구체적으로 글을 씁니다.

학교 가는 길~

내가 한 행동 ~

겪은 일을 ~

일어난 시간 순서에 따라 이야기하는 것입니다.

비교, 대조하는 설명하는 글쓰기

공통점과 차이점입니다.

비교나 대조는 일정 기준을 근거로 비교하며 설명하는 글입니다. 공통의 기반이 확보되어야 합니다. 지정하는 글, 정의, 분류, 분석하는 글쓰기가 설명하는 글입니다.

비교하여 설명하시오.

어떻게 쓸까?

무엇을
쓸까?

글쓰기는 세상에서
가장 외로운 노동이다.

- 존 스타인 벡 -

9. 논술형 쓰기

글쓰기는 요약과 확대의 마술입니다. 글쓰기는 현미경과 망원경입니다. 요약하고 생각을 나열하는 글쓰기가 논술형 글쓰기입니다.

요약하는 글쓰기는 글을 간단하게 쓰는 것입니다.

책을 읽고 간단하게 줄이는 방법입니다.

요즘 책 읽는 일이 쉽지는 않다. 그렇지만 리더들은 책을 읽는 자입니다. 잡지, 신문 기사의 좋은 글을 베끼거나 요약하는 방법입니다.

학교 공부가 이렇다. 가르친 내용을 기억하고 요약하는 것입니다. 시험공부는 배운 내용을 요약하고 외우는 거다. 학생이 공부 잘하는 비법 중의 하나입니다. 교과서 요약하기는 내용은 간단하게 핵심을 표현하는 행동입니다.

책을 읽고 줄거리를 요약해봅니다.

내가 읽은 줄거리와 배경, 내 생각도 추가로 의미를 덧붙입니다. 요약을 잘하면 핵심을 쉽게 파악할 수 있습니다. 요약은 방대한 내용을 간단하게 핵심을 적는 것입니다. 요약을 거듭할수록 핵심 파악이 쉽다.

한 권의 책을 읽고, 한 페이지로 또는 10줄 쓰기로 요약하는 것입니다. 세줄 쓰기, 한 줄 쓰기로 요약하는 글쓰기하면 글쓰기 능력이 향상됩니다. 만약 3줄로 요약한다면 글의 포인트를 찾아서 서술하는 거지요. 요약은 주제와 핵심 내용을 파악하는 거고, 핵심은 한 권이 책 주제가 됩니다. 한 권의 책을 한 줄로 요약한다면 그 게 핵심이 됩니다.

"요약하는 글쓰기"에 대하여 요약하시오.

요약하는 글쓰기는~ 세 줄~한 줄 쓰기로 ~

글 내용 핵심을 ~ 표현하는 것입니다.

글 요약하기는 주제 파악이고, 핵심입니다.

설명하는 글쓰기

글쓰기의 기본입니다. 질문에 대한 대답을 쓰는 일입니다. 의미는 무엇인가? 역할? 기능? 방법? 과정? 종류 등에 대한 설명하는 글입니다. 효과적 설명은 어떻게 할까?

주제, 대상, 개념에 관한 내용을 자세하게 쓰는 일입니다. 설명을 풀어가면서 자세하게 쓰는 일입니다. 설명하는 글을 쓰면 단계별로 쓰면 됩니다. 일단 서론, 본론, 결론을 간단하게 쓰는 일입니다.

설명하는 글을 쓴다면 다음과 같은 예시입니다.

"글쓰기의 기대 효과"에 대하여 설명하시오.

글쓰기는 미래인재입니다. ~

왜냐하면 글쓰기 하면 ~ 생각하게 되고 ~

예를 들어, 학교에서 글을 잘 써서 대회 나가거나 ~

수상하게 되면~ 자신감과 ~

다시 말해 글쓰기는 생각하는 능력이고, 실력입니다.

설명하는 글은 설명을 작성하는 글입니다.

설명하는 글은 우선 정의하거나 글의 배경 상황을 쓰면서 글을 시작합니다. 다음 글은 왜냐하면 하고 이유를 대거나 생각하여 주장을 작성합니다. 예를 들어 사례나 일화를 제시하는 방법도 좋습니다. 마지막에는 다시 말해서 생각과 주장을 핵심으로 결론을 내는 글입니다. 이런 글이 설명하는 글쓰기의 방법입니다.

설명하는 글쓰기는 글쓰기의 기본입니다. 질문에 대한 대답을 쓰는 일입니다.

~의 의미는 무엇인가?

~ 역할을 설명하시오?

효과적 설명은 어떻게 할까?

기능? 방법? 과정? 종류 등에 대한 설명하는 글입니다.

주제, 대상, 개념에 관한 내용을 자세하게 쓰는 일입니다.

설명을 풀어가면서 자세하게 쓰는 일입니다.

주장하는 글쓰기

　어떤 일에 대하여 현상, 문제점, 대책, 기대 효과에 대하여 글을 작성합니다. 주장하는 글은 주장을 뒷받침하는 것은 이유나 근거다. 주장에 대하여 정당한 근거 제시가 필요하지요. 이유나 근거를 구체적으로 제시하는 게 중요합니다. 사실일 경우도 있고 허구일 경우도 있습니다. 예를 들면 통계나 신문 방송에서의 결과를 중간에 제시하면 좋지요. 역사적인 사실은 시대 연도, 지명, 이름을 정확하게 씁니다.

"글쓰기의 기대 효과"에 대하여 설명하시오.

글쓰기 정의하기

[주장]

왜냐하면 ~

[근거]

따라서

예를 들면 ~

[사례]

글쓰기는 ~

[결론]

생각하고 A4 한 장 글쓰기

생각하는 글쓰기입니다.

주제를 생각하고 글쓰기를 연습해 봅니다.

주제[   ]를 정하여 글을 작성해봅니다. 30분 이내 주제를
생각하고 글쓰기를 연습합니다.

주제[   ]를 정하여 글을 작성합니다.

감동을 주는 글쓰기

감사의 글쓰기

논술형은 생각이나 주장을 논리적으로 설득력 있게 작성하는 글입니다. 주로 서론·본론·결론으로 글을 쓰는 방식입니다.

학교에서 하는 글쓰기는 주로 성적과 관련 있어 좋은 점수를 어떻게 받을까에 관심이 많다. 문제의 내용을 읽고 300자(500자, 1,000자 등) 내외로 설명하는 문제가 대부분입니다. 본문을 꼼꼼하게 읽어보고, 요약해보는 게 좋은 방법입니다. 잘 쓰려는 마음보다, 제대로 잘 읽어야 요약을 잘할 수 있습니다. 서술형과 마찬가지로 맞춤법이나 글을 쓸 때 국어의 문법 띄어쓰기와 문장부호를 제대로 표시합니다. 글자 수 맞추기가 객관적인 평가 기준의 하나입니다.

논술은, 논리적인 서술 형식의 글쓰기입니다. 많이 읽고, 쓰기를 연습하고 자꾸 써보는 훈련이 필요하다. 왜냐하면, 근거, 예시, 주장 근거, 예를 들어 쓰려면 다른 방법이 없다. 꾸준한 글쓰기가 정답입니다. 논쟁이 될만한 주제의 논설, 논증의 글입니다. 자기 생각과 주장이 정당함을 타당하게 근거를 제시하며 합리적으로 입증하는 글입니다.

[4부 글쓰기 실제]의 용지에 논술을 작성합니다.

인공지능 시대 글쓰기가 필요한 이유와 효과를 설명하시오.

서론 글쓰기는

본론

글쓰기 효과는

결론

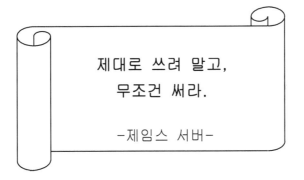

제대로 쓰려 말고,
무조건 써라.

-제임스 서버-

2부 글쓰기의 정석 10가지

10. 창작하는 글쓰기

글은 모방입니다.

"모방은 창조의 어머니이다"라는 말이 있습니다. 글을 너무 잘 쓰려고 하면 잘 써지지 않는 게 글쓰기입니다.

그냥 쓰는 것이지요. 글은 모방하는 것입니다, 베끼는 게 아니라 바꿔쓰기로 모방합니다. 글은 모방하고 창작하는 것입니다.

글쓰기는 장점이 많다. 글쓰기는 나를 성장시키는 방법입니다. 내 생각을 쓰지만, 내 마음의 글을 쓰는 거지요. 마음을 드러내 표현하는 게 글입니다. 깊은 상처나 자랑거리가 글이 됩니다. 글이 써지면 새로움을 창조하는 것입니다. 글은 상상력과 창의력입니다.

내가 창작한 한편의 글은 위대하지요. 한 줄의 글이나, 한편의 글은 독자를 따뜻하게 하는 힘이 있습니다. 글이란 아름다움을 독자에게 전하는 것입니다.

글은 마음대로 쓰는 것입니다. 글은 독자를 위하여 정보를 제공하지요. 글쓰기 비법을 알려주고자 하는 진실한 마음이 중요하지요. 글은 경험에서 나오면 좋은 글이 됩니다. 소설은 허구이지만 그래도 밑바탕은 저자에게 있는 것입니다.

글은 작가의 창작입니다.

글은 모방이고 창조이고 결과물이 책입니다. 작가의 아이디어가 주제가 되고, 생각이 글이 되고, 독특한 내용의 글이 모여 책이 되고, 책이 창작물입니다. 창작의 고통이 책입니다. 작가는 창작자입니다. 글쓰기는 창작하는 일입니다.

글쓰기 첫걸음을 시작합니다. 뭐든지 첫걸음이 어렵습니다. 어제보다 나은 오늘이지요. 맞춤법 배우는 게 아니라 글을 쓰는 일입니다. 글쓰기는 대화입니다. 말하기나 마찬가지지요. 내 생각을 말하듯이, 말을 글로 쓰는 일입니다.

창작 글쓰기를 연습해 봅니다. 일상을 낙서하듯이 씁니다. 감동이나 느낌을 내 생각을 마음대로 추가하여 작성해도 좋지요. 또는 내 생각을 추가하여 글을 작성하게 되면, 한편의 주장하는 글입니다. 자신의 주장을 추가하고, 관련 근거를 제시하면 좋은 글이 됩니다.

주제 [유튜브]

유튜브 정의 의미 뜻 해석

경험 이야기 쓰기

내 주장이나 생각 쓰기

예시 근거 자료 제시하며 쓰기

마무리 글쓰기

유튜브에 대한 제언의 글

　

[4부 글쓰기 실제]의 주제 작성하고 연습 용지에 글을 씁니다.

시 쓰기

시를 쓴다는 것은 무엇인가?

시를 처음 쓰는데 어떻게 쓰지?

시인도 아닌데 "어떻게 시를 쓸까?" 생각하게 됩니다. 시는 누구나 쓸 수 있습니다. 그냥 마음의 표현을 글로 쓰는 것입니다. 이런 글이 시이며 글을 쓰면 시인입니다. 내 감정대로 일단 쓰는 것입니다. 처음 쓴다고 고민 걱정이 많은 것은 사실입니다. 누구나 다 그렇다. 처음 시를 써보는 일이라 어떻게 쓰는지 답답할 수 있습니다. 쓸까 말까 하지 말고 그냥 쓰는 일입니다.

내가 좋아하는 노래 가사를 써봅니다. 노래 가사는 과거와 현재의 노래를 살펴보면서 글을 베껴 써봅니다. 노래 가사를 다시 바꿔서 써봅니다. 내가 마치 시인이 된 느낌입니다.

좋은 시를 암기한다면 그 시를 모방해보자. 유명한 시, 좋아하는 시를 읽고, 내 마음대로 바꿔 써보는 일입니다. 내 마음의 그 순간 느낌입니다. 여행에서 다녀온 추억처럼, 짧은 순간 깊이 있는 의미를 깨닫게 됩니다.

시의 문장 하나하나가 커다란 의미를 포함합니다. 시는 함축의 미가 있습니다. 시는 한 편의 영화와 같다. 시는 생각이고 느낌이며, 추억이고 세상의 모든 것입니다.

일상의 소재를 시적으로 표현하는 일입니다.
주위의 모든 것은 소재이다. 시는 어떤 느낌이고 문장입니다. 시는 어떤 마음과 생각을 단어로 표현하는 내 글입니다. 시는 짧은 한 토막의 단어입니다. 한두 문장일 수도 있습니다. 시 쓰기가 이렇다. 좋은 시라는 건 결국 "비유를 잘한 시"라고 합니다. 갑자기 떠오른 것 같은 생각의 글도 포함합니다. 자유롭게 쓰는 시가 아름답다.

기본이 바로 서야 합니다.

기본이 바로 서야, 가정이 바로 서고,
가정이 바로 서면, 학교가 바로 선다.
학교가 바로 서야, 사회가 바로 서고,
사회가 바로 서면, 국가가 바로 선다.

이 일은 무엇일까요?

이 일은 무엇일까요?

이 일은 나에게 작은 일이나 큰일이기도 합니다.

이 일은 내가 하기에 따라 매우 쉬운 일입니다.

그러나 하고 싶은 일이기도 하며, 하기 싫은 일이기도 합니다.

이 일은 가볍게 여긴다면 후회하는 일이기도 합니다.

이 일은 당신이 하는 대로 그저 따라가는 일입니다.

이 일 때문에 나를 좌지우지 할 수 있는 일이기도 합니다.

따라서 이 일은 기뻐하거나 슬퍼하는 일의 반복입니다.

이 일은 뿌듯함을 주기도 하며, 자신감을 가지게 합니다.

이 일은 배우기도 하며 가르치기도 합니다.

이 일은 위대한 일이고 대단한 일입니다.

이 일은 평생 하는 일입니다.

그러므로 이 일은 미래에 가치가 있는 일입니다.

이 일은 무엇일까요?

이 일은 공부(工夫)입니다.

시가 시답다는 건 무엇일까?

시의 의미를 독자가 알게 될까?

기초부터 차근차근하게 배운다고 시를 잘 쓸까?

시는 감정의 표현이고, 감동을 주는 거다. 시는 정답이 없다. 시는 아름다움을 표현하는 글입니다. 마음이 시키는 대로 생각나는 단어나 문장을 쓰는 방법입니다. 세상을 관찰하며 감정을 표현하는 것입니다. 자신의 글에 자신감이 중요하다.

시는 문학의 한 장르일 뿐입니다. 시는 직접 표현하지만 대부분 깊은 성찰을 표현합니다. 글이 길어지면 산문이 되기 쉽다. 시는 그냥 짧게 쓰고 핵심을 찌르는 표현이 좋은 시라고 합니다.

시는 문장을 다듬는 일이 많지요. 시는 다듬으면 다듬을수록 좋아지고 완벽해집니다. 더 좋은 문장으로 바꾸는 게 당연하지요. 시를 쓰는 일은 단어와 문장을 적절한 말로 다듬는 일입니다. 직접 소리 내서 읽어보고, 운율에 맞추어 느낌과 핵심을 다듬는 시가 좋은 시입니다.

공부(工夫)

공부(工夫)는
학문이나 기술을 배우고 익히는 것
학교 공부가 있고 인생 공부가 있네!
마음가짐은
공부는 간절하게, 딴생각하지 말아야 하며,
집중해야 합니다.

진정한 공부는 무엇인가?
진정한 공부는 사람을 존중하는 공부
자연을 살피는 공부, 세상을 밝게 하는 공부
세상을 맑게 하는 공부

더불어 돕는 게 공부라네
사는 것 자체가 다 공부라네
무엇을 위하여 공부하나?
공부는 평생 하는 것이라네

시는 "자연이나 인생에 대하여 일어나는 감흥과 사상 따위를 함축적이고 운율적인 언어로 표현한 글."이라는 의미입니다. 시에는 감흥이 있고, 느낌이 있습니다. 생각과 감정이 들어있는 순간에 만들어낸 작품입니다. 시는 노래가 됩니다.

시집에는 시가 나열되어 있습니다. 모든 글이 누구에게나 맘에 드는 것은 아니다. 시집을 읽으면 이해되는 시도 있고 어려운 시도 있습니다. 한 줄, 한 단락, 한 문단, 한 편의 시가 맘에 들면 의미가 크지요. 시는 이런 것입니다. 공감하는 시라면 나에게 좋은 시가 될 수 있습니다. 이런 시집은 나에게 너무 좋은 글입니다. 이런 시를 읽고 내가 시를 모방하여 쓰면 나도 시인이 됩니다. 시는 시인만이 쓰는 게 아니라 시를 쓰면 시인입니다. 내 취향대로 내 마음대로 내 생각을 함축적인 의미로 쓰는 것입니다.

[4부 글쓰기 실제]의 시 쓰기 용지에 시를 씁니다.

시 주제나 제목을 씁니다. 단 먼저 쓰지 않아도 됩니다. 본문의 내용의 시를 먼저 쓰고 제목을 나중에 써도 됩니다. 시를 창작합니다.

확장하는 수필 쓰기

글쓰기 확대하는 방법은 가지치기입니다.

가지치기하면 글의 양이 늘지요. 글쓰기는 확대의 마술입니다. 글쓰기 확대하는 방법은 가지치기를 늘리는 것입니다. 가지치기하면 글의 양을 늘린다. 수필 소설 쓰기가 글쓰기의 확대입니다. 한 번뿐인 나의 삶에 대하여 수필을 씁니다.

나는 누구인가?

나는 어떻게 살았는가?

나는 무엇을 할까?

수필은 내 인생의 집합체입니다. 내 삶에서 일어나는 일에 구슬을 꿰는 일입니다. "구슬이 서 말이라도 꿰어야 보배다." 를 실감합니다.

글을 쓰는 이유는 내 경험을 누군가에게 알려주고 싶은 것입니다. 또는 내가 기록하고 싶은 것입니다

나를 치유하는 삶이 수필 글쓰기다. 수필은 내 이야기를 적는 글쓰기입니다. 수필을 쓰고 싶은 경우엔 주제를 정한 후 책 한 권의 분량을 목표로 씁니다. 자신 경험에 관한 이야기를 쓰거나, 나의 취미를 소개하는 글, 그동안 겪었던 직업에 관한 이야기를 쓰는 일입니다.

수필 형식의 글은 나만의 잡다한 이야기지요. 이야기가 시작되고 전개되고 끝나는 진행순서가 기승전결의 과정입니다. 시작부터 공감되는 이야기, 제언하는 이야기, 명령적인 글도 있습니다. 주제를 말하기 위해서 이야기의 이어가는 게 중요하지요. 글의 내용에 재미가 있고 감동이 있고 깨달음이 있다면 좋은 작품입니다. 한 주제에 대해 최소 20개~40개의 이야기를 작성하면 한 편의 수필 책이 됩니다.

읽고 또 읽고 싶은 책을 쓰는 일은 쉬운 일이 아니다. 다만 누구나 삶에서 재미있는 경험과 교훈이 되는 경험을 다 하지요. 그것을 직접 쓰는 게 수필가입니다. 처음부터 잘 쓰는 수필가는 없습니다. 수필은 써놓고 수없이 많이 고쳐야 합니다.

10대 청소년기 일기 쓰듯이 주제를 잡고 쓰면 됩니다.

부담 없는 글쓰기 하기에 좋은 시기지요. 자신이 말하고자 하는 이야기를 쓰는 겁니다. 세상에 대한 관찰과 경험이 글이 되는 순간입니다. 실제 경험한 상황과 다르게 쓸 수도 있습니다.

10대의 일상에서 어떤 의미를 부여해 간단하게 쓴 게 수필입니다. 직접 쓴 글에 내 생각을 꾸미지 않고, 진솔하게 제대로 작성했는지도 잘 살펴봅니다. 쓴 글이 교훈이 되거나 깨달음을 준다면 더 이상 바랄 게 없지요. 문장은 다듬으면 다듬을수록 좋아지고 완벽해집니다. 수필은 "삶을 생각하는 문학"이라고 합니다.

[4부 글쓰기 실제]의 수필 쓰기 용지에 수필을 씁니다.

수필 주제나 제목을 씁니다. 단 먼저 쓰지 않아도 됩니다. 본문의 내용의 경험과 생각을 먼저 쓰고 제목을 나중에 써도 됩니다. 단 주제는 수필에서 핵심이고 뼈대입니다.

소설 쓰기

소설 쓰기는 글쓰기 중 가장 창의적인 것 중 하나입니다.

소설은 경험과 상상력으로 꾸며내는 허구의 문학입니다. 소설을 쓰는 작가는 상상력과 인물의 인간관계, 글의 짜임새까지 모두 고려해야 합니다. 소설은 주인공과 주변 인물, 사건을 시간과 공간의 배경을 잘 살펴 허구의 글을 씁니다.

스티븐 킹은 "만약 글을 쓰고 싶다면 많이 읽고, 많이 써라."라고 강조합니다. 책 속에는 다른 사람이 작성한 경험과 지식, 지혜가 담겨있지요. 소설을 많이 읽는 것이 소설 쓰기에 도움이 됩니다. 명작 소설들을 읽어보고, 소설 작성하는 방법을 공부하면 재미있습니다. 상상하고 추리하는 소설도 있겠다. 대부분 현실과 사실에 상상과 허구를 추가하므로 창의력과 상상력의 집합체입니다.

처음에 부담이 없는 분량으로 끝까지 써야 합니다. 소설가들은 공통적인 이야기는 "이야기의 처음과 끝을 잘 생각하고 쓰라"라고 합니다.

작가의 창의력과 상상력이 빛을 발하는 작품을 기대해봅니다. 소설을 읽기만 했고, 안 써봐서 잘 모릅니다.

소설 쓰기의 3요소인 인물, 사건, 배경을 의식하면 소설을 쓸 수 있습니다. 소설을 쓰는 방법을 5단계로 정리합니다.[9]

첫째, 주제를 선정합니다.

독자에게 전하고 싶은 메시지 혹은 독자가 느껴졌으면 하는 감정을 뜻합니다. 일단 자신이 쓰고 싶은 이야기를 짧은 문장이나 단어로 정리해 보자. 대강 정리가 됐다면 거기서부터 내용을 부풀려 나가면 됩니다.

둘째, 배경을 설정합니다.

소설의 시간 및 공간적 환경을 뜻하며, 연극의 무대와 같다. 현재 자신이 살고 있는 현실 사회일 수도, 현실인데 시간대가 다를 수도 있습니다. 혹은 현실과 전혀 동떨어진 세계일 수도 있습니다. 배경이 구체적일수록 작가도 나중에 쓸 소재가 많아져서 편해지지만, 그렇다고 너무 세밀해지면 독자도 작가 본인도 감당이 안 되니 필요한 만큼만 그려두는 게 좋습니다.

---

9) 나무위키
https://namu.wiki/w/소설작법

셋째, 인물(캐릭터)을 설정합니다.

주인공을 비롯해 주제의 표현에 필요한 인물들의 대략적인 정보를 설정합니다. 성격을 정하기 힘들다면 그 인물에게 주제를 던져주고 그 반응을 보자. 그 주제에 찬성하는가, 반대하는가? 적극적인가, 소극적인가?

넷째, 사건을 설정합니다.

대개 모든 소설은 주인공이 어떤 갈등을 중심으로 전개됩니다. 대개 주인공은 작가를 대변하기 때문에 주인공이 어떻게 행동하느냐, 특히 마지막에 갈등/과제를 극복했느냐에 따라 작품의 분위기가 달라진다. 그러니 어떤 주제를 선정했는지 꼼꼼히 확인하고, 사건과 결말을 배치합니다.

다섯째, 시점, 문체, 전개 방식과 묘사 조정합니다.

사실 위의 내용은 콘티 등의 준비 및 검토용 자료를 만들 때 쓰인다. 하나의 독립된 작품을 만들고 싶다면 일반적으로 평범한 독자가 읽을 수 있기에 몇 가지 규칙이나 주의사항이 있습니다.

초보자가 하나부터 열까지 순순히 창작하는 것은 당연히 무리다. 도저히 생각이 나지 않는다면 주변 인물이나 상황 등 익숙한 것을 아이디어로 삼아서 시작합니다.

소설을 써볼 생각이라면, 머릿속에서만 생각하지 말고 간단하게 핵심을 적고, 창작하여 표현하고 글로 씁니다.

소설의 제목(주제)과 인물, 사건, 배경을 구체적으로 작성합니다.

제목(주제)	
등장인물	
사건	
배경	

소설 쓰기의 구성요소 내용을 작성합니다.

소설 쓰는 기본적인 사항을 미리 구상해서 이야기를 창작하는 글을 씁니다.

제목 주제		
발단	등장인물, 시간, 공간 배경, 사건의 실마리	
전개	사건의 진행	
위기	인물 사이의 갈등	
절정	갈등과 긴장 문제 해결	
결말	주인공의 결말	

[4부 글쓰기 실제]의 소설 쓰기 용지에 간단한 소설을 창작하여 씁니다.

어떻게 쓸까?

무엇을
쓸까?

내 인생의 절반은
고쳐 쓰는 작업을 위해 존재한다.

-미국 작가. 존어빙(john Irving)-

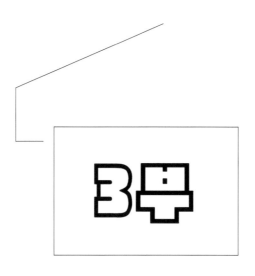

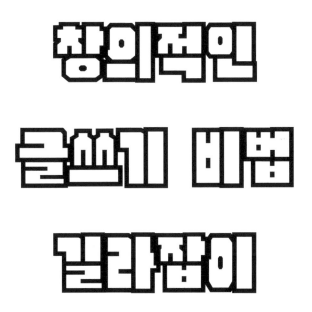

창의적인

글쓰기 비법

길라잡이

3부 글쓰기 비법 길라잡이

무엇을 쓰든
짧게 써라.
그러면 읽힐 것입니다.

명료하게 써라.
그러면 이해될 것입니다.

그림 같이 써라.
그러면 기억 속에 머물 것입니다.

- 조세프 퓰리쳐 -
(Joseph Pulitzer)

3부

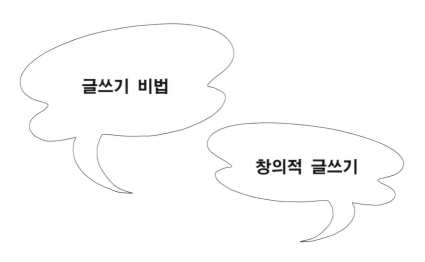

3부에서는

창의적인 글을 쓰는 법

창의적 글쓰기 길라잡이

에 대하여 살펴봅니다.

3부. 창의적인 글쓰기 길라잡이

글쓰기 비법 길라잡입니다.

글쓰기 하는 일은 저자 되는 지름길입니다.

글은 누구나 쓸 수 있고, 아무나 쓸 수 있지만 언제나 어렵다고 말한다. 이를 극복하려면 꾸준하게 쓰는 일입니다. 글쓰기는 매일 습관으로 하는 일입니다. 책 읽기와 글쓰기는 모두 같다. 직접 실천해야 이루어진다.

청소년이 글을 쓴다는 게 쉬운 일은 아니다. 글쓰기에 소질이 있는 사람도 있겠다. 하지만 글쓰기는 타고 나는 게 아니다. 그렇다고 포기하지 마라. 누구나 글을 쓸 수 있습니다.

꾸준한 내 노력과 습관이 제일입니다.

일기를 꾸준하게 써 왔던 학생이 잘 쓸 수 있습니다. 지금부터 글을 쓰면 된다. 글쓰기 비법이 있으니, 지금부터 하면 된다.

글쓰기는 습관입니다.

글쓰기는 혼자서 생각하고 쓴다. 동아리 모임에서 함께 글을 쓰면 배우는 게 많다. 글쓰기는 글쓰기를 통해서만 배울 수 있는 것은 아니다. 글을 반듯하게 바르게 꾸준하게 쓴다는 것은 혼자 하기 어렵다. 모르면 배우면 되고, 배우면 행동하는 게 글쓰기 가치가 크다. 누군가에 가르침이 있으면 더욱 잘 쓰게 된다. 글을 쓴다는 것은 힘들다기에 따라 한다면 쉽게 쓰는 게 글쓰기 비법입니다.

글쓰기에 대한 『헤밍웨이』 명언입니다.

"글쓰기가 힘들 때면

나는 나 자신을 격려하기 위해

내 책을 읽는다.

그러면

글쓰기는 언제나 어려웠고

가끔은 거의 불가능했음을 기억하게 된다."

라고 했다.

글을 쓴다는 것은 쉽지 않다는 의미다. 글을 쓴다는 것은 어렵지만 불가능은 없다. 그동안 글을 쓰는 경험으로 활용했던 방법을 안내한다.

글을 쓸 때는 "무엇을 쓰지", "왜 쓰지"를 깊이 생각하는 일입니다. 일상의 내용을 일기 쓰듯이 쓰는 일입니다. 습관이 되면 글쓰기는 쉽다. 다만 습관 되기까지가 어렵다.

『헤밍웨이』는 글을 쓰는 방법을 다음과 같이 제시했다. "글쓰기 하려면 우선 좋은 글을 읽는 것이다. 좋은 글을 읽으면서 베끼고, 내 생각을 무작정 쓰는 방법이다. 글을 쓰는 일의 시작은 좋은 글을 읽는 것이다. 그리고 좋은 글을 베끼는 것이다." 헤밍웨이가 제시한 글 쓰는 방법을 실천하는 일입니다. 글은 이렇게 쓰면 됩니다.

글쓰기는 따라 쓰기며 고쳐 쓰기입니다. 글을 쓰고 정리하는 비법이 고쳐쓰기다. 맞춤법 고쳐쓰기, 국어사전 보고 고쳐쓰며 인터넷 백과사전을 사용힙니다.

한 줄의 글은 자석 판입니다. 자성이 매우 강한 자석입니다. 쇳가루가 자석에 달라붙지요. 글은 이처럼 덧붙여 쓰는 일입니다. 글은 주제를 정하고 생각하면 글과 관련한 줄거리가 자꾸 생각나며, 추가해서 글을 쓰게 됩니다. 일상에서 실천할 수 있는 가장 쉬운 글쓰기 비법입니다.

1. 창의적 글쓰기 비법

한 글자가 모여

한 단어가 한 문장이 되고,
한 문장이 모여 한 단락이 되며,
한 단락이 모여 한 편의 글이 된다.
한 편의 글이 모이면 한 권의 책이 된다.

미국 작가. 조안 디디온(Joan Didion) "첫 문장은 대단한 문장이 아니어도 상관없다. 흠잡을 데가 많은 조잡한 문장이어도 좋다. 한 문장 한 문장 써라. 한 문장의 마침표를 찍기 무섭게 다음 문장을 써라."라고 강조했습니다.

글쓰기의 시작은 한 글자지만, 모이면 '티끌 모아 태산'을 실감하지요. 천 리 길도 한걸음부터입니다.

한 권의 책은 한 문장과 한 줄, 한 페이지가 채워지는 과정을 거쳐 힘들게 출판되는 거지요. 책 한 권은 저자의 열정과 마음이 담긴 지혜의 선물입니다.

그림책 글쓰기

그림책은 그림을 글과 함께 표현하는 형식입니다. 그림책은 그림과 글이 어울리게 의미있는 글쓰기 합니다.

2쪽을 생각하면 한쪽은 그림으로 다른 한쪽은 그림과 관련하여 글을 표현하는 방법입니다. 그림책은 2쪽을 완성하거나 전체 부분이 어울리게 습니다. 주제를 선택해서 그림 하나씩을 모아서 넣고, 글을 써서 내용과 일치되게 넣으면 완성됩니다.

그림책 글쓰기는 누구나 쉽게 시작할 수 있으며, 나이가 어리거나 많아도 의욕을 보이며 참여합니다. 그동안의 여행지나 일상의 주제별 그림이나 사진을 모아 한 권의 책으로 완성할 수 있습니다.

그림책 글쓰기 시작은 남녀노소 누구나 가능하다. 특히 10대 청소년 시기는 만화나 캐릭터를 그려서 시작할 수 있습니다. 시작은 설렘이며 결과는 뿌듯함과 성취감을 엿볼 수 있습니다. 일상의 삶을 주제 잡고 그림과 글로 실천하면 기쁨이 옵니다.

그림을 보고 생각하여 글쓰기 한다.

그림을 보고 느낌이나 생각을 글쓰기

인생시계

24
18   6
12

아래 한자를 보고 느낌이나 생각을 글쓰기

초심
(初心)

　　3부 글쓰기 비법 길라잡이

그림을 보고 생각하여 글쓰기 한다.

마인드맵으로 전체 살피기

마인드맵은 글쓰기 흐름을 한눈에 파악하는 방법입니다.

마인드맵은 글을 요약하기, 보고서 작성, 글쓰기의 목차를 구성할 때 생각을 정리할 때 사용하면 편리하다.

떠오르는 아이디어를 나열하는 방법으로 생각을 확장하거나 정리하는 방법으로 사용한다.

마인드맵 작성하는 방법입니다.

네모의 중심에는 핵심을 적고, 방사형으로 추가 설명을 그려가는 방법입니다. 마인드맵은 내용 정리가 빠르고, 한눈에 전체적인 내용을 볼 수 있어 글쓰기의 전체적인 흐름을 잡기에 좋다. 글의 줄거리를 요약이나 정리하는 창의적인 방법의 하나입니다.

요즘 컴퓨터 데스크톱 또는 모바일에서 Canva(캔바) 사이트에 접속하고 마인드맵을 검색하여 새롭게 마인드맵 디자인을 할 수 있습니다.[10]

---

10) 캔바
    https://www.canva.com/ko_kr/

[마인드맵] 작성하는 마인드맵 작성 7원칙[11]입니다.

1. 종이의 중심에서 시작한다.
2. 중심 생각을 나타내기 위해 이미지나 사진을 이용한다.
   (3가지 이상의 색깔)
3. 전체적으로 색깔을 사용한다.
4. 중심 이미지에서 주 가지로 연결한다.
   주 가지의 끝에서부터 보조 가지로 연결한다.
   부가지 끝에서 세부 가지를 연결한다.
5. 구부리고 흐름 있게 가지 만들어라.
6. 각 가지당 하나의 키워드만을 사용하라.
7. 전체적으로 이미지를 사용하라.

마인드맵은 핵심 내용을 정리하고, 기억하기에 아주 좋은 방법입니다. 마인드맵 작성의 예시입니다.

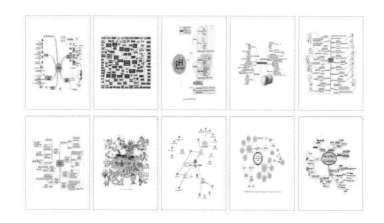

---

11) 위키백과
   https://ko.wikipedia.org/wiki/마인드맵

만다라트 글쓰기 기법

만다라트 기법 (Mandal-Art)

Mandal+art는 "목적을 달성하는 기술"로 본질을 깨닫는 틀입니다. 만다라트 기법은 일본 디자이너가 1987년에 창안한 아이디어 발상 기법입니다.

어떤 생각을 더욱 쉽게 정리하고 한 눈에 조합하여 확인할 수 있습니다. 가장 큰 주제 및 목표를 세우고 이에 대한 해결법, 아이디어, 생각 들을 확산해 나가는 형태로 작성하는 방법입니다.

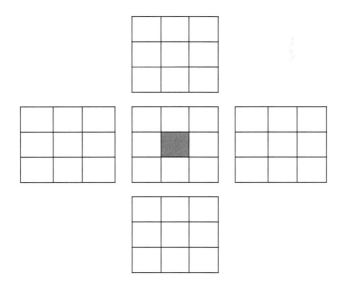

만다라트 기법은 책을 쓰는 글쓰기 방법에 대하여 아이디어를 적용할 때 아주 유용하게 활용할 수 있습니다. 가로, 세로 9칸씩 모두 81칸의 사각형이 있습니다. 맨 가운데 사각형에 핵심 목표를 쓴 다음 둘러싼 8개의 사각형에 그 목표를 달성할 세부 목표를 적습니다.

아래의 사이트에서 작성하는 예입니다.

https://mandalart.ddongule.com/

	글쓰기 목차만들기			자료수집 하기			참고도서 읽기	
			참고도서 구입 하기			도서읽기		
6개월 300페이지	1일 3시간	A4 3장	글쓰기 목차만들기	자료수집 하기	참고도서 읽기	유튜브 공부		
	목표설정 하기		목표설정 하기	글쓰기 정석 10가지 책만들기	정보검색 하기		정보검색 하기	
			6개월간 단기목표	책 내용을 구상하기	글쓰기 방법을 적접해보기			
	원고쓰기		글쓰기 방법					
	6개월간 단기목표			책 내용을 구상하기			글쓰기 방법을 직접 해보기	

비주얼싱킹 표현하기

비주얼싱킹(Visual Thinking)은 그림과 영상 등을 이용해 (Visual) 생각을 정리하고 소통하는 능력(Thinking), 즉 '이미지로 생각하는 습관을 말한다.

생각 지식, 정보 등을 그림으로 기록하거나 표현하는 것을 말한다. 즉, 생각을 시각화하여 정리하는 것이라고 할 수 있습니다. 어떤 내용이나 개념을 간결한 이미지로 표현합니다.

자동차 비주얼싱킹 표현하기

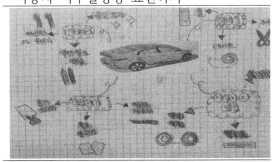

자동차 표현 글쓰기

2. 꼭 필요한 글쓰기 행동 수칙 따라 하기

글 어떻게 쓰지?

10대 청소년 들은 쓸 주제를 생각하고 시작하면 된다. 단 시험 성적을 생각하고 글을 쓰면 긴장되어 창의적인 글이 나오지 않는다. 마음 편안하게 먹고 쓴다. 누구나 할 수 있는 글쓰기에는 최소한의 법칙이 있습니다. 글을 쓰는 입니다. 글쓰기 비법은 매우 다양하지만 간단하다.

첫째, 글은 무조건 쓰면 된다.

일단 무엇이든 펜으로 쓰든, 컴퓨터 자판기로 두드리는 방법입니다. 무엇을 쓸까 고민이고 걱정이 앞선다. 고민하며 걱정할 시간에 펜을 들고 그냥 쓰는 것입니다. 또는 컴퓨터를 켜고 두드리는 일입니다.

제임스 그로써 서버(James Grover Thurber)는 "제대로 쓰려 말고, 무조건 써라"라는 말로 유명하다. 깊이 생각하면 글이 잘 안 써지니까, 무조건 생각나는 대로 쓰라는 의미다.

이게 쉽다고 생각하면 쉬운 일이요, 어렵다고 생각하면 어려운 일입니다. 기준은 자신의 마음가짐에 달렸다.

둘째, "무엇이든지 쓴다 ."입니다.

일기 쓰듯이 작성하면 된다. 단 한 줄이라도 작성한다면 좋은 일입니다. 줄 수가 중요한 게 아니라 매일 쓰는 습관이 중요하다.

일단 일상에서 일어난 일을 쓴다. 특별한 주제를 정하거나 선택하여 쓴다. 특히 자신의 고민거리도 좋고 특별한 일을 써도 된다. 추억거리도 좋다. 일기의 경험을 살리면 된다.

일상에서 특별한 일에 대해 일기 쓰듯이 또는 한 가지 주제를 생각하고 쓴다면 더욱 좋은 일입니다. 일기 쓰기에도 주제가 있듯이, 글쓰기에도 주제가 있게 마련입니다. 주제를 생각하고 여러 가지 생각을 무조건 쓰는 것은 좋은 방법입니다.

문학작품을 쓰는 게 아니라 일상의 일을 쓰는 행동입니다. 무언가 정리하고 글을 쓰는 것도 아니요, 계획을 세우고 쓰는 것도 아니다. 그냥 편하게 생각하고 편하게 써야 글쓰기가 쉬운 일입니다. 소설, 수필, 시, 논설문, 기고문 등 글을 목적에 맞게 쓰는 일입니다.

소풍이나 체육대회, 국내든 해외든 여행을 가서 여행지 느낌과 소감을 작성하면 멋진 여행 수기 책이 된다. 이렇게 여행하며 소감을 책으로 출판하여 여행 작가가 많이 생겼다.

마음은 편하게, 손은 부지런히 움직인다. 글쓰기가 이런 것입니다.

일단 쓴다.

셋째, 어떻게 쓰지? 입니다.

글쓰기 아주 좋은 방법은 없습니다. 어떻게 쓸까? 방법이 고민입니다. 별의별 생각이 많지요. 쓰는 비법은 따로 없지요. 생각대로 쓰면 됩니다. 글을 읽고, 좋은 글을 베끼고, 아름다운 글을 모방하는 것입니다. 이런 과정을 거치면 된다. 이런 경험이 많으면 내 글을 창작하게 된다. 이게 정답은 절대 아니지만, 좋은 비법입니다.

누구나 좋은 글 아름다운 글 멋진 글 감동적인 글을 쓸 수 있습니다. 글을 쓰다 보면 이런 글이 자연스럽게 써진다. 다만 지금 내가 어떻게 쓸까 걱정입니다. 한번 해보자. 어떤 글을 정리하여 무엇을 책으로 만들까? 생각하는 거지요.

책을 읽는 일은 중요하지요. 무슨 책 읽느냐고 생각할 것입니다, 교과서, 신문, 인터넷, 뉴스, 기사, 잡지, 책 등을 본다. 즉 다른 사람이 쓴 글을 읽지요. 독서하면 좋은 글이 눈에 들어오거나 마음에 닿습니다. 이런 글을 밑줄 치지요. 책을 읽으면서 한 문장도 좋고 한 단어도 좋고 마음에 드는 글을 보고 줄 치거나, 책장 모서리를 접어둡니다.
나중에 다시 읽을 때 새롭게 느껴집니다.

독서하면서 밑줄 치거나 좋은 글은 베껴 쓰는 일은 중요하지요. 책 읽기도 바쁜데 언제 베껴 쓰느냐 할 수 있습니다. 그래서 작가는 글을 직접 쓰거나, 베껴 쓰는 일 모두 한다. 책을 읽고 나서 느낌과 소감을 쓸 수 있습니다. 또는 쓰는 게 아니라, 그때그때 좋은 문장이나 글을 옮겨 적습니다.

베껴 쓰는 것은 좋은 자료를 모으는 습관입니다.
인용하기에도 좋지요. 글을 읽으면서 글을 베껴 쓰면 좋은 방법입니다. 노트에 베껴 쓰는 일도 있지만 컴퓨터에 키보드로 글자를 입력하여 파일로 구분하여 저장해둔다.

**글쓰기는
독서다.**

넷째, 글은 모방입니다.

"모방은 창조의 어머니"라 했다. 글은 모방하는 게 쉽게 접근하는 글쓰기다. 다른 사람의 글에 내 생각을 정리하여 추가하는 게 창작하는 글입니다. 책에 밑줄 친 내용이나 좋은 문구를 읽고서 바꿔쓰기를 한다. 베껴 쓴 글을 바꿔 쓰는 방법도 있습니다.

예를 들면 독립운동가 안중근 의사의

일일부독서 구중생형극

(一日不讀書 口中生荊棘)

이란 말이 있습니다. "하루라도 책을 읽지 않으면 입안에 가시가 돋는다."라는 의미다. 독서의 중요성을 뜻하는 말입니다.

이를 고쳐쓰기 한번 해보자. "하루라도 글을 쓰지 않으면 손가락에 관절염 온다." 재미있지 않는가?

글쓰기는 모방이고 창작하기입니다.

내가 책을 읽거나 문장을 보고 떠오르는 내용을 기록하면 글쓰기가 수월합니다.

독후감도 좋고, 문장도 좋고 시(詩)로 바꿔쓰기입니다. 내가 창작하여 글을 쓰면 즐거움이 생기며 뿌듯함도 느끼지요.

한 줄도 좋고 한 페이지도 좋습니다. 틈나는 대로 쓰지요. 생각나는 글을 무조건 후다닥 씁니다. 글이 모이고 글감은 마구 쌓이지요. 글감의 재료가 통장에 재산이 불어나듯이 쌓입니다. 글은 모방으로 시작해서 창작으로 끝나지요. 다시 새로운 글이 창작되는 게 반복하는 글쓰기입니다. 창작하려면 많은 책을 살펴보는 일입니다.

남아수독 오거서
(男兒須讀 五車書)

란 말이 있습니다.

"남자는 모름지기 다섯 수레 분량의 책을 읽어야 한다"라는 뜻입니다. 이는 다양한 분야의 독서를 권장하는 의미지요. 책 읽기가 힘들 때면 잠시 내려놓습니다. 읽던 책을 접어도 좋지요. 다음에 내 마음이 와 닿을 때 다시 읽으면 됩니다. 다시 그 책을 들면 과거 친구를 만나는 느낌이 들고, 그때가 독서하기 딱 좋은 순간입니다.

헤밍웨이는 "자신을 격려하기 위해 자신의 책을 읽는다"라고 했습니다.

글을 쓰는 방법의 하나입니다.

글은 이해하기 쉬운 문장으로 쓴다. 문장은 간단하게 쓴다. 한마디로 말하면 짧게 쓴다는 의미다.

조지프 퓰리처의 글쓰기 방법입니다.

무엇을 쓰든 짧게 써라.

그러면 읽힐 것입니다.

명료하게 써라.

그러면 이해될 것입니다.

그림같이 써라.

그러면 기억 속에 머물 것입니다.

라고 말했다.

**글은
짧게 쓴다.**

다섯째, 보관 방법에 대하여 알아봅니다.

글의 쓰고 정리하는 비법입니다.

글을 쓰면 컴퓨터에 저장한다. 컴퓨터 파일은 주제별로, 날짜별로, 항목별로 구분하여 저장한다. 폴더 정리하는 법은 주제별로 내용별로 저장한다.

메모한 글, 종이에 쓴 글, 사진으로 찍은 문장이나 그림 파일을 잘 정리한다. 몇 개 되지 않으면 상관없다. 파일이 많아지면 내용을 보고 확인하며 찾기가 어렵게 된다.

파일을 구분하여 보관하는 방법은 중요한 일입니다.

**모방은
창조의 어머니다.**

여섯째, 글의 마무리하는 비법입니다.

글을 쓰면 반드시 마무리를 잘해야 합니다.

내 쓴 글을 독자에게 전하고자 하는 글의 내용을 정리하는 마무리 방법입니다. 글쓰기는 시작할 때의 주제와 글을 쓴 내용의 주제와 일치하는지 살펴야 한다. 글을 정리하는 것은 옥석을 가리는 행동입니다.

쓴 글을 살펴보고 마무리한다. 길게 쓴 내용. 중복된 내용을 검토하고 정리한다. 저자도 글 정리 잘못하여 같은 내용이 책의 중간중간에도 쓴 적이 많습니다.

시작과 끝의 과정을 잘 살펴봅니다. 누구나 다 끝마무리를 잘해야 합니다. 고민되고 귀찮더라고 반드시 마무리합니다. 글의 내용별 분류를 잘해두면 나중에 다른 책을 쓰기에도 편리합니다.

전문작가처럼 글을 쓸 필요는 없습니다.

글을 많이 여러 번 쓰면 문장 실력이 향상되지요. 글쓰기는 꾸준하게 지속하는 겁니다. 습관입니다. 짧게 쓴다. 쉽게 쓴다. 말하듯이 쓴다….

일곱째, 베껴 쓰기 방법입니다.

베껴 쓰기 방법은 보고 쓰기며, 옮겨쓰는 방법입니다.

다른 글 즉 책이나, 신문 기사나 칼럼을 읽고 요약하여 글을 쓰게 된다. 이때 글은 쓰고 또 고쳐 쓰고 수정하여 최종적인 글이라는 사실을 알아야 합니다.

지금 내 수준과는 약간 거리감이 있을 수 있습니다. 내가 생각하고 차이가 나는 지점을 작성하면 글 속에 도움이 된다. 이런 글이 나의 비판적인 사고 능력 향상이 된다. 그리고 베껴 쓴다는 것의 그대로 복사하듯이 쓰는 게 아니라 글의 구성이나 형식을 참고하며 베껴쓰기 합니다.

칼럼 내용을 분석해보면, 어떤 사실에 대한 정의와 사실에 대한 역사 근거 사례를 제시하지요. 글쓰기의 또 다른 비법은 베껴 쓰기며 이는 옮겨 쓰는 것입니다.

**글은
베껴 쓴다.**

여덟째, 고쳐쓰기 비법입니다.

문장은 고쳐쓰기가 제일입니다.

글은 고치면 고칠수록 고쳐야 할 내용이 많게 된다.

학생들은 시험을 보기 위한 글을 쓰기 때문에 고쳐쓰기 할 시간이 별로 없다. 그러나 글은 자꾸 고쳐쓰기 해야 좋은 문장으로 바꿀 수 있습니다.

무엇을 고쳐 쓸까?

고쳐쓰기에 대한 글쓰기 명언입니다.

E. B. 화이트의 말입니다.

"위대한 글쓰기는 존재하지 않는다.

오직 위대한 고쳐 쓰기만 존재할 뿐입니다."

존 어빙 고쳐쓰기에 대하여

"내 인생의 절반은

고쳐 쓰는 작업을 위해 존재한다." 라고 했다.

글을 고쳐쓰기의 중요성을 강조하는 말입니다.

단어 고쳐쓰기, 오타, 띄어쓰기, 다른 단어가 적절하다면 바꿔쓰는 일입니다. 문장 고쳐쓰기, 문장에 표현하는 동사, 형용사, 명사 등 바꿔쓸 단어를 바꿔쓴다. 문장이 길면 짧게 쓴다. 문단을 바꾸거나 고쳐쓰기 하며, 중복 단어 많이 사용 여부를 확인한다.

저자도 고쳐 쓰기 반복하라고 강조하지만 내 책을 출판할 때 몇 번 고쳐 쓰지 않아 부끄러움을 표한다. 독자께서 널리 이해해 주길 바랄 뿐입니다. "죄송합니다", "다음부터 잘 쓰겠습니다" 말로만 전합니다.

글의 내용과 위치를 바꾸거나, 내용을 추가하거나, 빼야 할 글을 빼면 해면 좋은 고쳐쓰기입니다. 고쳐쓰기는 글을 잘 쓰는 비법으로 가장 중요한 방법입니다.

글은
고쳐 쓴다.

글쓰기가 필요한 이유

우리가 일상에서 글쓰기가 필요한 이유는 무엇일까?

글쓰기는 왜 할까?

학교에서 글쓰기 큰 목적은 시험 성적을 잘 받기 위함이 강하다. 이유는 국어교육의 글쓰기를 점수로 평가하기 때문입니다. 그렇다고 국어 성적이 좋아야 글을 잘 쓰는 것은 아니다. 글쓰기는 글쓰기일 뿐입니다. 글쓰기 잘하면 사고력이 향상된다. 이유는 글을 쓰려면 생각을 많이 하기 때문입니다. 글쓰기 목적의 또 하나는 책을 만들려고 한다.

글쓰기는 글을 쓰고, 글 모으고, 책을 만들고 저자가 되는 목적입니다. 책을 만들려면 글감이 많아야 한다. 반드시 글감을 주제별로 먼저 분류해서 저장해두면 좋다. 책 만드는 데 가장 많은 영향을 주는 게 바로 글감의 재료입니다. 글감이 있고 주제별로 글감이 많이 있다면 책 만들기 너무 쉽다. 글감이 다양하게 저장되어 있어야 책을 만들 수 있다는 점입니다.

글쓰기에는 각자 작가의 기술이 다 다르다. 다만 공통적인 사항은 모두 글을 정성스럽게 고쳐 쓴다. 자신의 글이 독자에게 읽히도록 애쓰는 일입니다. 책 쓰기는 글쓰기요, 글쓰기는 고쳐 쓰는 일을 많이 하는 애쓰기라고 한다. 고쳐쓰기는 마음에들 때까지, 수정하고 바꿔쓰는 일을 반복하는 일입니다. 글쓰기는 독자에게 감동을 주는 일입니다.

따라서 글에는 사례들이 있게 마련입니다.

주장하는 글을 작성하게 되면 고려사항이 있습니다. 글 대부분이 설명문일 경우엔 설명하거나 요약하는 글입니다. 중요한 내용이나 결론은 문단의 앞에 나오게 쓴다. 신문 기사는 대부분 두괄식 쓰기로 한다. 두괄식은 중요한 사항이 앞에 쓰는 글의 구성입니다.

이를 분석해보면 사례는 구체적인 내용일수록 좋습니다. 예를 들면 경험, 일화 등을 적절하게 추가하여 글을 쓰지요. 또한 자료들이 제시될 경우도 많지요. 자료는 최신의 자료가 객관적입니다. 자료 출처도 제시하지요. 예를 들면 통계청의 자료에 따르면, 논문에 따르면, 신문 기사에 따르면 등입니다.

Chat GPT로 질문하여 정보나 아이디어를 얻을 수 있습니다. Chat GPT로 질문했지요?

질문?
10대 청소년들에게 가장 쉬운 글쓰기 방법을 알려줘?

안녕하세요! 10대 청소년들에게 가장 쉬운 **글쓰기 방법**을 알려드릴게요.

주제 선택하기: 먼저 글을 쓸 주제를 선택해보세요. 자신이 흥미 있는 주제나 경험한 일, 좋아하는 취미 등이 될 수 있어요.

계획 세우기: 글을 시작하기 전에 간단한 계획을 세워보세요. 어떤 내용을 다루고 싶은지, 어떤 구조로 글을 쓸지 생각해보는 것이 도움이 됩니다.

간결하고 명확하게 표현하기: 글쓰기에서 중요한 것은 간결하고 명확하게 생각과 아이디어를 전달하는 것입니다. 문장이 너무 복잡하지 않도록 하고, 필요한 정보만 포함시키는 것이 좋아요.

단락 활용하기: 긴 문장으로 이어진 글은 읽기가 어렵습니다. 그래서 문장들 사이에 공백을 만들어주는 단락(paragraph)을 활용해보세요. 한 가지 주제나 아이디어를 다루는 단락으로 나눠서 작성하면 독자가 이해하기 쉬워집니다.

예시와 이야기 사용하기: 예시나 이야기를 활용하여 내용을 더욱 흥미롭게 만들 수 있습니다. 자신의 경험이나 관찰한 사건 등 직접적인 경험과 연결시켜 보세요.

철자와 문법 확인하기: 마지막으로 작성한 글의 철자와 문법을 확인하는 습관도 중요합니다. 오탈자나 문법 오류로 인해 의사소통에 혼란이 생길 수 있으니 꼭 확인해주세요.

위의 팁들은 청소년 여러분들께서 좋은 글쓰기 기술과 습관을 개발하는 데 도움이 될 것입니다! 열심히 연습하다 보면 점점 능력도 향상될 거예요.

뤼튼 답변 https://wrtn.ai/?user-survey-step=0

질문?
글쓰기 연습에 좋은 자료를 제공해줘?

글쓰기 연습에 도움이 되는 다양한 자료들이 있습니다.

몇 가지 추천 자료를 소개해드릴게요:

책: 글쓰기에 관련된 다양한 책들을 읽으면서 글쓰기 기법과 스타일을 배울 수 있습니다. 예를 들면, "글쓰기의 기술"과 같은 글쓰기에 대한 실용적인 가이드북이나 작가의 에세이, 소설 등을 읽어보세요.

온라인 리소스: 인터넷에는 글쓰기 연습을 위한 다양한 리소스들이 많이 있습니다. 온라인 글쓰기 강의, 블로그, 웹사이트 등에서 유용한 팁과 예시를 찾아볼 수 있어요.

쓰기 도구: 효과적인 글쓰기를 돕는 앱과 도구들도 많이 있습니다.

피드백 받기: 자신의 글을 다른 사람에게 보여주고 피드백을 받는 것도 큰 도움이 됩니다. 가까운 친구나 가정 내에서 상호간의 피드백 활동을 진행하거나, 온라인 커뮤니티나 작가 그룹에서 참여할 수 있는 피드백 프로그램에 참여해보세요.

일상적인 연습: 일상 생활에서도 적극적으로 글을 연습할 수 있는 기회를 찾아보세요. 일기 쓰기, 블로그 운영, 친구와 이야기 공유 등 모든 기회를 활용하여 자주 글을 작성해보세요.

위의 자료와 방법들은 여러분의 글쓰기 실력 향상에 도움이 될 것입니다!

꾸준한 연습과 실험을 통해 점차 발전하실 수 있으니 지속적으로 노력해보세요!

뤼튼 질문 https://wrtn.ai/?user-survey-step=0

자료수집은 인터넷, 방송 신문 기사, 논문, 사전, 일화, 경험, 면담, 다양한 책에서 합니다. 글을 쓰는 비법은 고쳐 쓰기다. 글은 고쳐 쓰는 게 좋은 글입니다.

독서도 전략적으로 합니다. 시를 읽고 기억하고 기록하지요. 좋은 글은 펜으로 베껴 쓰기도 하나의 방법입니다.

글은 왜 쓰는가?

글을 쓰면 글 쓰는 과정에서 괴로움이 있습니다. 글을 쓰는 과정에서 기억이 납니다. 좋은 기억 나쁜 기억 다 생각나지요. 나쁜 기억이 더 많이 생각나기도 하지요. 그때 그 일을 되살리며 글을 쓰면, 이상하게도 나에게 평화를 줍니다. 원망했던 그 일이 용서와 화해를 실감하지요. 그래서 글 쓰면 나를 찾아주는 보약입니다. 글쓰기의 경험입니다. 글 쓰면 누구나 자신에게 치유하는 느낌이 들지요. 글 쓰는 자가 느끼는 기쁨이 매우 큽니다. 글 쓰는 일이 즐거움이 기쁨이 되어 돌아옵니다.

예를 들면 현재 내가 하는 일과 직업에 대한 나만의 강점을 작성하는 일입니다. 최근에 쓴 글들 포함하여 출판한 책의 제목과 내용은 부록에 안내합니다.

나는 초보 작가이고, 프로가 아닙니다. 다만 글의 내용에 메시지 전달이 아쉽습니다. 책을 읽으면 모자란 부분이 많이 있습니다. 이런 책도 있는데 여러분은 뛰어난 작가의 소질이 있는 것입니다. 여러분도 글 쓰면 작가가 됩니다. 글쓰기는 나를 찾는 보물입니다. 글을 잘 쓰는 사람은 책도 잘 읽습니다. 책은 내가 갈 수 없는 곳으로 순식간에 데려다줍니다. 글쓰기 지금 시작하시길 권장합니다.

You can do it

You can do it

어떻게 쓸까?

무엇을
쓸까?

최초의 한 문장을 쓰고,
새로운 문장을 더 보태는 것이
글쓰기다.

-로제마리 마이어 델 올리보-

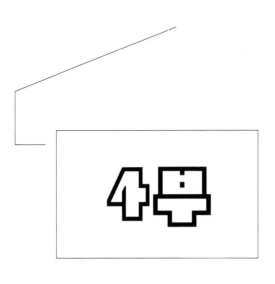

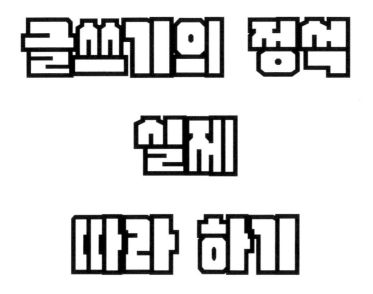

글쓰기의 정석
실제
따라 하기

4부 글쓰기 정석 실제-글쓰기 자료

위대한

글쓰기는
존재하지 않는다.

오직 위대한
고쳐 쓰기만
존재할 뿐이다.

- E.B. 화이트 -

4부

4부에서는

10대에게 알려주는

글쓰기의 정석 10가지 연습 자료

제공합니다.

1. 단어 쓰기

[과제 1] 끝말잇기 단어 쓰기

[　　　　] → [　　　　] → [　　　　]

→ [　　　　] → [　　　　] → [　　　　]

→ [　　　　] → [　　　　] → [　　　　]

→ [　　　　] → [　　　　] → [　　　　]

[과제 2] 끝말잇기 3글자 이상 단어 쓰기

[　　　　] → [　　　　] → [　　　　]

→ [　　　　] → [　　　　] → [　　　　]

→ [　　　　] → [　　　　] → [　　　　]

→ [　　　　] → [　　　　] → [　　　　]

→ [　　　　] → [　　　　] → [　　　　]

1. 단어 쓰기

[과제 3] 제시하는 단어를 듣고 쓰기

3분 정도 후 다 읽은 후 듣고 쓰기

정답 확인하기

단어를 생각하여 다른 글 쓴 것 확인하기

4부 글쓰기 정석 실제-글쓰기 자료

1. 단어 쓰기

[과제 4] 주제별 생각나는 단어 쓰기(1분)

[주제별] 생각나는 단어를 무조건 쓴다.

[과제 5] 주제별 생각나는 단어 쓰기(3분)

[주제별] 생각나는 단어를 무조건 쓴다.

1. 단어 쓰기

[과제 6] 단어로 빈칸 채우기(5분)

생각나는 단어를 무조건 다 채운다.

4부 글쓰기 정석 실제-글쓰기 자료

2. 한 줄 쓰기

[과제 1] 한 줄 쓰기

글자 수 상관없이 단어 2개를 쓴다.

위 두 단어를 연결하여 한 줄 쓰기 한다.

[과제 2] 한 줄 쓰기

음식과 관련 생각나는 단어는?

위의 두 단어를 연결하여 한 줄 쓰기 한다.

---

2. 한 줄 쓰기

[과제 3] 한 줄 쓰기

[운동]을 주제로 정하는 단어를 생각나는 대로
단어 3개를 작성한다.

3단어를 묶어서 한 줄 쓰기 해보자.

[과제 4] 한 줄 쓰기

일상의 생각 나는 단어를 생각나는 대로 쓴다.

3단어를 묶어서 한 줄 쓰기 해보자.

---

2. 한 줄 쓰기

[과제 5] 한 줄 또는 두 줄 쓰기(3분)

3단어 선택하고 3분 이내로 글쓰기 한다.

[과제 6] 한 줄 쓰기

형용사와 명사 두 단어를 연결하여 한 줄 쓰기 한다.

형용사	명사

형용사와 명사를 쓰고 연결하여 글쓰기 한다.

2. 한 줄 쓰기

[과제 7] 형용사 명사 단어 쓰기

형용사와 명사 단어를 생각하여 무조건 쓴다.

형용사	명사

[과제 8] 형용사와 명사 연결 한 줄 쓰기

[과제 10]의 형용사와 명사 두 단어를 적절하게 연결하여 한 줄 쓰기 한다.

형용사	명사

2. 한 줄 쓰기

[과제 9] 형용사와 명사 연결 한 줄 쓰기

여러 단어를 적절하게 연결하여 글쓰기 한다.

형용사	명사	명사

[과제 10] 간단한 서술어 글쓰기

주어와 서술어를 사용하여 간단한 글쓰기 한다.

예시 - 나는 학교에 간다. 나는 공부를 한다….

2. 한 줄 쓰기

[과제 11] 일상에서 관심 있는 분야 문장 쓰기

일상에서 관심을 두는 분야 단어나 **문장**으로

한 줄씩 나열하여 쓰기

예시 - 학교 가기, 유튜브 보기, 경기하기….

4부 글쓰기 정석 실제-글쓰기 자료

2. 한 줄 쓰기

[과제 12] 일상의 문장 쓰기

　　　일상에서 관심을 두는 분야 단어나 문장으로

　　나열했다. 하나를 선택하여 그 이유를 작성한다.

1개만 선택하여 작성한다.

예시
- 유튜브 보기
　이유는? 유튜브를 보면서 재미를 느끼기 때문이다.

-

- 이유는?

3. 3행시 쓰기

[과제 1] 2행시 쓰기

단어를 이용한 2행시 쓰기를 해본다.

[과제 2] 글쓰기 3행시 쓰기

글쓰기 3줄 쓰기를 해본다.

글	
쓰	
기	

B. 3행시 쓰기

[과제 3] 3행시 쓰기

내 이름을 3행시 쓰기를 해본다.

[과제 4] 글쓰기 3행시 쓰기

3단어 생각하고 3줄 쓰기를 해본다.

B. 3행시 쓰기

[과제 5] 4행시 쓰기

"작가 되기" 4행시 쓰기를 해본다.

작	
가	
되	
기	

[과제 6] 사자성어 4행시 쓰기

4줄 쓰기를 해본다.

3. 글자 쓰기

[과제 7] 글자 보고 쓰기

[가~하]로 시작되는 문장 쓰기

가	
나	
다	
라	
마	
바	
사	
아	
자	
차	
카	
타	
파	
하	

3. 글자 쓰기

[과제 8] 글자 보고 쓰기

[ㄱ~ㅎ]로 시작되는 문장 쓰기

ㄱ	
ㄴ	
ㄷ	
ㄹ	
ㅁ	
ㅂ	
ㅅ	
ㅇ	
ㅈ	
ㅊ	
ㅋ	
ㅌ	
ㅍ	
ㅎ	

4부 글쓰기 정석 실제-글쓰기 자료

B. 창작하는 글쓰기

[과제 9] 하루에 대한 창작 글쓰기

오늘 하루 생각나는 3가지 단어 작성하고 글쓰기

예시 : 학교 가기- 학교 점심시간에 짜장면과 탕수육이 나와서 놀랐고, 너무 맛있게 잘 먹었다. 요리사님께 감사를 드린다.

1.	
2.	
3.	

3. 창작하는 글쓰기

[과제 10] 대화하는 창작하는 글쓰기

일상에서 창작하는 글쓰기는 문장을 이어가는 글쓰기다.

이야기나 하고 싶은 대화를 작성한다.

예시를 들면 한 줄 문장 대화하듯이 쓰는 방법이다.

오늘 급식 시간에 ~

A	
B	
A	
B	
A	
B	
A	
B	

B. 협동하는 글쓰기

[과제 11] 협동하는 글쓰기

3~4명이 돌아가며 한 줄 문장 쓰는 방법이다.

시작 글: 집으로 오다가 친구와 떡볶이를 먹고 있었다.

1	
2	
3	
4	
5	
6	
7	
8	
9	
10	

3. 창작 시조 쓰기

[과제 12] 글쓰기 주제로 시조 쓰기

글쓰기 주제로 시조 쓰기

제목

_____

- -

- -

_____

[과제 13] 창작하는 시조 쓰기

생각하고, 창작하는 시조 쓰기

제목

_____

- -

- -

_____

4. 사진 보고 글쓰기

[과제 1] 사진(그림) 보고 글쓰기

그림을 관찰하고 단어 여러 개 쓰기

그림을 보고 느낌이나 떠오르는 핵심을 한 줄 쓰기

그림에 대한 전체적인 소감, 느낌 쓰기

4. 그림 보고 글쓰기

[과제 2] 표지 그림 보고 생각하고 글쓰기

도서 제목-네 꿈을 펼쳐라.
도서의 표지이다.

그림을 보고 내용이 궁금할 것이다.
  상상하여 내용이 무엇일까? 작성해본다.

4. 그림 보고 글쓰기

[과제 3] 그림을 보고 질문 만들기

『김홍도의 씨름』

질문 만들기

5. 주제별 3분 글쓰기

[과제 1] 주제를 정하고 글쓰기(3분)

주제 [핸드폰]

_____

_____

_____

_____

_____

_____

_____

_____

_____

5. 주제별 5분 글쓰기

[과제 2] 주제를 정하고 글쓰기(5분)

주제 [점심시간]

5. 주제 글쓰기

[과제 3] 주제를 정하고 글쓰기

부모님께 감사 편지쓰기

5. 주제 글쓰기

[과제 4] 주제를 정하고 A4 한 장 글쓰기

주제 [유튜브]

_____

_____

_____

_____

_____

_____

_____

_____

_____

6. 육하원칙 글쓰기

[과제 1] 육하원칙(5W1H) 글쓰기

지금 글쓰기 연습의 이유에 대하여 글쓰기 한다.

누가	
언제	
어디서	
무엇을	
왜	
어떻게	

6. 육하원칙 글쓰기

[과제 2] 육하원칙(5W1H) 글쓰기

신문기자라 생각하고
사건을 상상하여 기사 작성하는 글쓰기를 한다.

누가	
언제	
어디서	
무엇을	
왜	
어떻게	

7. 신문 보고 글쓰기

[과제 1] 신문 보고 글쓰기

7. 신문 보고 글쓰기

[과제 2] 신문 기사 요약하는 글쓰기

신문 기사	제목 읽기 주제 칼럼
3줄 정도 요약하기	제목:
질문거리 쓰기	
내 생각 주장 쓰기	

7. 신문 읽고 글쓰기

[과제 3] 칼럼 읽고 글쓰기

1. 읽기 - 5분

2. 밑줄긋기

3. 주제 핵심 단어 쓰기
   [칼럼] 한마디로 말하면?

4. 1줄 설명 쓰기

5. 3줄 요약하기

6. 칼럼 메시지에 대한 MY 생각 정리

7. 발표

7. 신문 읽고 글쓰기

[과제 4] 신문 칼럼 읽고 글쓰기

7. 영상 보고 글쓰기

[과제 5] 영상 보고 글쓰기

4부 글쓰기 정석 실제-글쓰기 자료

8. 서술형 쓰기

[과제 1] 서술형 쓰기

8. 서술형 쓰기

[과제 2] 묘사의 글쓰기

8. 서술형 쓰기

[과제 3] 서사의 글쓰기

9. 논술형 쓰기

[과제 1] 설명하는 글쓰기

4부 글쓰기 정석 실제-글쓰기 자료

9. 논술형 쓰기

[과제 2] 비교, 대조하는 글쓰기

9. 논술형 쓰기

[과제 3] 논술형 쓰기 요약하는 글쓰기

⑨. 논술형 쓰기

[과제 4] 주장하는 글쓰기

10. 창작하는 글쓰기

[과제 1] 창작하는 글쓰기 - 시 쓰기

10. 창작하는 글쓰기

[과제 2] 창작하는 글쓰기 - 수필 쓰기

_____

_____

_____

_____

_____

_____

_____

_____

_____

_____

10. 창작하는 글쓰기

[과제 3] 창작하는 글쓰기 – 소설 쓰기

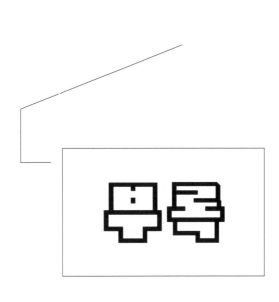

신문 칼럼

한국교육신문	
[현장 칼럼] 인공지능 시대의 메이커 교육 지속 가능한 대한민국의 위대한 미래를 위해, 홍익인간의 이념을 실천하는 메이커 교육 문화확산을 기대한다.[12]	

교육 연합신문	
[교육칼럼] 인공지능 시대의 공부는 메이커로 "지속 가능한 대한민국 위대한 미래를 위하여, 홍익인간의 이념을 실천하는 메이커 교육을 기대한다."[13]	

---

12) 한국교육신문 https://www.hangyo.com/news/article.html?no=96737
13) 교육 연합신문 http://www.eduyonhap.com/news/view.php?no=64664

도서 소개

《 네 꿈을 펼쳐라 》
꿈을 꾸고, 꿈 잡(JOB)고,
꿈을 이루고, 꿈 너머 꿈을 이루는
이야기

10대에게 알려주는 독서의 정석 》

책을 읽는 좋은 방법
독서하면 미래가 보인다

《행복해지는 교사들의 7가지 수업》
행복해지는 교사들의
7가지 수업에 관한 다양한
수업 방법과 경험을 안내한 책

《 수석교사 수업 (Talk) 》
수석교사 경험 이야기
수업 컨설팅과 교사 연수 경험에 대하여
나열한 이야기

《 내 마음의 시(詩) 》
교사의 학교생활 경험을
글과 시(詩)로 표현한 시 문집

《 세상에 이런 법이 》
우리나라 헌법과 초·중등교육법의 일부를
교사, 학생, 학부모 관련한 법을 나열한
책

《 수석교사 제도 》
우리나라 수석교사제도
수석교사는 교사의 교수활동과 연구 활
동을 지원하는 제도 책.

《 10대에게 알려주는 메이커의 정석 》
10가지 가장 쉬운 만들기 비법
10대여~
무엇인가 만들면 미래가 보인다.

《 뤼튼에게 물어봐 》
10대에게 알려주는 wrtn
뤼튼(wrtn) 기초 사용 방법

《 행복 비타민 》
즐거운 삶을 위한 배움 비타민
앎을 위한 기쁨 비타민
꿈꾸는 삶을 위한 도전 비타민
행하는 삶을 위한 행복 비타민

《 행복한 교사의 일상 》
행복한 교사의 일상에 관한 책
1년 4계절 일상을 시(詩)와 글로
그림으로 표현 한 책이다.

《누구나 글을 쓰고 작가 되는 비법) 》
누구나 글을 쓰고 작가 되는
무료 출판의 비법을 나열하고 방법을
제시한 책

《ChatGPT 활용 행복한 교사 되기》
ChatGPT의 기초적인 사용 방법과
학교 업무 및 수업 방법 설명한 책

《 나는 교육실천가 》
교육실천가의 삶 교사의
담임교사 경험과 기술 수업 관련
교육 경험을 나열한 경험담.

위대한
글쓰기는
존재하지 않는다.

오직 위대한
고쳐 쓰기만
존재할 뿐이다.

E.B. 화이트

맺음말

미래의 인재는 글쓰기를 잘해야 합니다.

미국의 하버드를 비롯한 유명한 대학은 학생들에게 글쓰기 수업을 의무적으로 시행하고 있습니다. 10대에 책을 많이 읽고, 글쓰기를 잘하면 미래가 훤하게 보입니다.

글 쓰며 글을 모으고 내 책 만들기를 통해 행복해지는 초보 작가가 되는 비법을 정리했습니다.

"호사유피(虎死留皮)요, 인사유명(人死留名)이라"이란 말이 있다. 호랑이는 죽어 가죽을 남기고 사람은 죽어 이름을 남긴다는 뜻입니다. 명예를 얻는 방법의 하나가 작가가 되어 책을 남기는 것이지요. 자신의 글쓰기로 내 책을 만들 수 있는 실질적인 핵심 방법을 자세하게 작성했습니다. 누구나 작가가 되어 세상에 이바지하는 행복한 삶을 기대하며 이 책을 썼습니다.

이 책은 청소년인 10대가 글쓰기를 쉽게 할 수 있는 초보자 글쓰기의 정석입니다. 글쓰기에 꼭 필요한 핵심 요령을 짚어줍니다. 초보자가 글쓰기 방법을 제대로 배우기를 기대합니다. 글쓰기 비법을 터득하여 인재로 성장하길 바랍니다.

10대 누구나 글 제대로 쓰는 글쓰기 정석과 글 쓰는 방법을 알려주고 안내했습니다. 글쓰기에 도전하여 미래인재가 되길 기대합니다. 10대에 글쓰기 능력이 필요합니다.

글 쓰고 작가 되어, 창의적인 역량을 갖춘 인재로 더더욱 성장하는 기회가 되기를 바랍니다. 글을 쓰고자 하는 10대들에게 글쓰기 방법을 제공했습니다. 글쓰기에 꼭 필요한 핵심 요령을 제대로 익히기를 소망합니다. 글쓰기를 재미있고 즐겁게 하며, 10대의 행복을 누리기를 바랍니다.

글쓰기가 재미있고 즐거우며 행복을 누리기를 바랍니다.

글쓰기를 통해 원하는 꿈을 이루고, 꿈 너머 꿈을 이루는 경험 하기를 기대합니다.

여러분을 응원합니다. 감사합니다.

2023년 가을

강신진

참고 문헌

《누구나 글쓰고 작가되는 비법》, 강신진, 최진, Bookk, 2023.

《질문으로 완성하는 청소년 글쓰기》, 전은경,정지선, 북바이북, 2021.

《사춘기를 위한 문해력 수업》, 권희린, 생까학교, 2023.

《세상을 바꾸는 글쓰기 재발견》, 정연미, 시간여행, 2022.

《10대를 위한 글쓰기 특강》, 윤창욱, 책밥, 2022.

《일 잘하는 공무원은 문장부터 다릅니다》, 박창식, 한겨레출판, 2021.

《생각이 글이 되기까지》, 김남미, 마리북스, 2021.

《삐딱한 글쓰기》, 안건모, 보리, 2014.

《행복한 교사의 일상》, 강신진, 유덕철, Bookk, 2023.

《행복해지는 교사들의 7가지 수업》, 강신진, 유덕철, Bookk, 2023.

《수석교사 수업 톡(talk)》, 강신진,장양기,유덕철, Bookk, 2023.

《내 마음의 시(詩)》, 강신진, 원성균, Bookk, 2022.

《수석교사 제도》, 강신진, 부크크, 2023.

《세상에 이런 법이》, 강신진, 부크크, 2022.

《네 꿈을 펼쳐라》, 강신진, Bookk, 2023.

《누구나 쉽게 ChatGPT 활용법》, 강신진, Bookk, 2023.

《모든 것은 자세에 달려있다》, 제프 켈러저,김상미역, ,아름다운사회, 2015

《글은 잘 못쓰지만 작가는 되고 싶어》, 나상훈. 부크크, 2022

《퇴근후 글쓰기》, 장윤영. 부크크, 2021

《책쓰기 정석》, 이상민. 라의눈, 2017

《책쓰기의 모든 것》, 송숙희. 인더북스, 2016

《행복해지는 교사들의 7가지 수업》, 강신진, Bookk, 2023.

《강원국의 글쓰기》, 강원국, 메디치미디어, 2018

《150년 하버드 글쓰기 비법》, 송숙희, 유노북스, 2022.

《수석교사 수업 톡(talk)》, 강신진, Bookk, 2023.

《초등학생 150년 하버드 글쓰기 비법》, 송숙희, 유노라이프, 2021.

《보통 사람을 위한 책쓰기》, 이상민, Denstory, 2020.

《책쓰기의 정석》, 이상민, 라의눈, 2017.

《유시민의 글쓰기 특강》, 유시민, 생각의 길, 2015

《내 마음의 시(詩)》, 강신진, Bookk, 2022.

《수석교사 제도》, 강신진, 부크크, 2023.

《세상에 이런 법이》, 강신진, 부크크, 2022.

《묘사의 힘》, 샌드라 거스저/지여울역, 윌북, 2021

참고사이트

부크크 (https://www.bookk.co.kr)

유페이퍼 (https://www.upaper.net)

네이버 메모장 (https://www.naver.com)

브런치스토리 (https://brunch.co.kr)

워드클라우드생성기 (https://wordcloud.kr)

문화체육관광부 (https://www.mcst.go.kr)

문화체육관광부 출판사 검색 (http://book.mcst.go.kr)

한국출판문화산업진흥원 (https://www.kpipa.or.kr)

워드클라우드 (https://wordcloud.kr)

한국교육신문 http://www.eduyonhap.com/news/view.php?no=64664

교육연합신문 https://www.hangyo.com/news/article.html?no=96737

전자신문 https://www.etnews.com/20230706000179

https://m.blog.naver.com/PostView.naver?isHttpsRedirect=true&blogId=erke2000&logNo=220254883646

교육기본법 국가법령정보센터법규 https://www.law.go.kr/법령/교육기본법)

송숙희 글쓰기 특강 시리즈

https://www.youtube.com/watch?v=iRM7oJOLMFg&list=PLkEu0BF6nDinQkCQRwzlc-pKcNbNu7OCD&index=8

허병두 책쓰기 https://www.yes24.com/Product/Goods/7902281

위키백과 (https://ko.wikipedia.org/wiki/홍익인간)

위키백과 https://ko.wikipedia.org/wiki/제4차_산업혁명

위키백과　https://ko.wikipedia.org/wiki/챗봇

위키백과　https://ko.wikipedia.org/wiki/ChatGPT

위키백과　https://ko.wikipedia.org/wiki/김홍도 씨름

위키백과 (https://ko.wikipedia.org/wiki/웰빙)

나무위키　https://namu.wiki/w/챗봇

10대에게 알려주는
글쓰기의 정석 10가지

가장 쉬운 글쓰기 비법
10대들이여~ 글 쓰면 미래가 보인다.

저 자 | 강신진

발 행 | 2023년 10월 3일
펴낸이 | 한건희
펴낸곳 | 주식회사 부크크
출판사 등록 | 2014.7.15.(제2014-16호)
주 소 | 서울특별시 금천구 가산디지털1로 119
　　　　　　　(SK 트윈타워 A동 305호)

전 화 | 1670-8316
이메일 | info@bookk.co.kr

ISBN | 979-11-410-4478-7

www.bookk.co.kr
ⓒ 강신진 2023